KB034632

길 위에서 중얼거리다

기형도 30주기 기념

기형도 시전집

길 위에서 중얼거리다

문학과
지성사

일러두기

1. 이 책은 기형도의 유고 시집 『입 속의 검은 잎』(문학과지성사, 1989)에 묶인 시들과 10주기 추모 문집 『기형도 전집』(문학과지성사, 1999)에 수록된 미발표 시들 전편을 한데 모은 시전집이다. 2017년 9월에 발행된 『기형도 전집』(기형도문학관 개관 기념)을 저본으로 삼되, 편집상의 명백한 오류로 보이는 단어나 문장, 문장부호는 바로잡았다.

2. 맞춤법의 경우 현행 국립국어연구원 '한글 맞춤법'에 따르는 것을 원칙으로 하되, 띄어쓰기의 경우 본사의 내부 규정을 따랐다. 한편 시의 제목과 본문에 쓰인 한자는 대부분 한글로 옮기되 필요한 경우 병기하였다.

나는 한동안 무책임한 자연의
비유를 경계하느라 거리에서 시를
만들었다. 거리의 상상력은
고통이었고 나는 그 고통을
사랑하였다. 그러나 가장 위대한
잠언이 자연 속에 있음을 지금도
나는 믿는다. 그러한 믿음이 언젠가
나를 부를 것이다. 나는 따라갈
준비가 되어 있다. 눈이 쏟아질
듯하다.

『입 속의 검은 잎』 시작 메모
1988년 11월

차례

I

II

I

정거장에서의 충고

미안하지만 나는 이제 희망을 노래하련다
마른 나무에서 연거푸 물방울이 떨어지고
나는 천천히 노트를 덮는다
저녁의 정거장에 검은 구름은 멎는다
그러나 추억은 황량하다, 군데군데 쓰러져 있던
개들은 황혼이면 처량한 눈을 껌벅일 것이다
물방울은 손등 위를 굴러다닌다, 나는 기우뚱
망각을 본다, 어쩌다가 집을 떠나왔던가
그곳으로 흘러가는 길은 이미 지상에 없으니
추억이 덜 깬 개들은 내 딱딱한 손을 깨물 것이다
구름은 나부낀다, 얼마나 느린 속도로 사람들이 죽어갔는지
얼마나 많은 나뭇잎들이 그 좁고 어두운 입구로 들이닥쳤는지
내 노트는 알지 못한다, 그동안 의심 많은 길들은
끝없이 갈라졌으니 혀는 흉기처럼 단단하다
물방울이여, 나그네의 말을 귀담아들어선 안 된다
주저앉으면 그뿐, 어떤 구름이 비가 되는지 알게 되리
그렇다면 나는 저녁의 정거장을 마음속에 옮겨놓는다
내 희망을 감시해온 불안의 짐짝들에게 나는 쓴다
이 누추한 육체 속에 얼마든지 머물다 가시라고
모든 길들이 흘러온다, 나는 이미 늙은 것이다

길 위에서 중얼거리다

그는 어디로 갔을까
너희 흘러가버린 기쁨이여
한때 내 육체를 사용했던 이별들이여
찾지 말라, 나는 곧 무너질 것들만 그리워했다
이제 해가 지고 길 위의 기억은 흐려졌으니
공중엔 희고 둥그런 자국만 뚜렷하다
물들은 소리 없이 흐르다 굳고
어디선가 굶주린 구름들은 몰려왔다
나무들은 그리고 황폐한 내부를 숨기기 위해
크고 넓은 이파리들을 가득 피워냈다
나는 어디로 가는 것일까, 돌아갈 수조차 없이
이제는 너무 멀리 떠내려온 이 길
구름들은 길을 터주지 않으면 곧 사라진다
눈을 감아도 보인다

어둠 속에서 중얼거린다
나를 찾지 말라…… 무책임한 탄식들이여
길 위에서 일생을 그르치고 있는 희망이여

여행자

그는 말을 듣지 않는 자신의 육체를 침대 위에 집어 던진다

그의 마음속에 가득 찬, 오래된 잡동사니들이 일제히 절그럭거린다

이 목소리는 누구의 것인가, 무슨 이야기부터 해야 할 것인가

나는 이곳까지 열심히 걸어왔었다, 시무룩한 낯짝을 보인 적도 없다

오오, 나는 알 수 없다, 이곳 사람들은 도대체 무엇을 보고 내 정체를 눈치챘을까

그는 탄식한다, 그는 완전히 다르게 살고 싶었다, 나에게도 그만한 권리는 있지 않은가

모퉁이에서 마주친 노파, 술집에서 만난 고양이까지 나를 거들떠보지도 않았다

중얼거린다, 무엇이 그를 이곳까지 질질 끌고 왔는지, 그는 더 이상 기억도 못 한다

그럴 수도 있다, 그는 낡아빠진 구두에 쑤셔 박힌, 길쭉하고 가늘은

자신의 다리를 바라보고 동물처럼 울부짖는다, 그렇다면 도대체 또 어디로 간단 말인가!

진눈깨비

때마침 진눈깨비 흩날린다
코트 주머니 속에는 딱딱한 손이 들어 있다
저 눈발은 내가 모르는 거리를 저벅거리며
여태껏 내가 한 번도 본 적이 없는
사내들과 건물들 사이를 헤맬 것이다
눈길 위로 사각의 서류 봉투가 떨어진다, 허리를 나는 굽히다
말고
생각한다, 대학을 졸업하면서 참 많은 각오를 했었다
내린다 진눈깨비, 놀랄 것 없다, 변덕이 심한 다리여
이런 귀갓길은 어떤 소설에선가 읽은 적이 있다
구두 밑창으로 여러 번 불러낸 추억들이 밟히고
어두운 골목길엔 불 켜진 빈 트럭이 정거해 있다
취한 사내들이 쓰러진다, 생각난다 진눈깨비 뿌리던 날
하루 종일 버스를 탔던 어린 시절이 있었다
낡고 흰 담벼락 근처에 모여 사람들이 눈을 턴다
진눈깨비 쏟아진다, 갑자기 눈물이 흐른다, 나는 불행하다
이런 것은 아니었다, 나는 일생 몫의 경험을 다했다, 진눈깨비

죽은 구름

구름으로 가득 찬 더러운 창문 밑에
한 사내가 쓰러져 있다, 마룻바닥 위에
그의 손은 장난감처럼 뒤집혀져 있다
이런 기회가 오기를 기다려온 것처럼
비닐백의 입구같이 입을 벌린 저 죽음
감정이 없는 저 몇 가지 음식들도
마지막까지 사내의 혀를 괴롭혔을 것이다
이제는 힘과 털이 빠진 개 한 마리가 접시를 노린다
죽은 사내가 살았을 때, 나는 그를 몇 번인가 본 적이 있다
그를 사람들은 미치광이라고 했다, 술과 침이 가득 묻은 저
엎어진 망토를 향해, 백동전을 던진 적도 있다
아무도 모른다, 오직 자신만이 홀로 즐겼을 생각
끝끝내 들키지 않았을 은밀한 성욕과 슬픔
어느 한때 분명 쓸모가 있었을 저 어깨의 근육
그러나 우울하고 추악한 맨발 따위는
동정심 많은 부인들을 위한 선물이었으리
어쨌든 구름들이란 매우 조심스럽게 관찰해야 한다
미치광이, 이젠 빗방울조차 두려워 않을 죽은 사내
자신감을 얻은 늙은 개는 접시를 엎지르고
마루 위엔 사람의 손을 닮은 흉측한 얼룩이 생기는 동안
두 명의 경관이 들어와 느릿느릿 대화를 나눈다
어느 고장이건 한두 개쯤 이런 빈집이 있더군,

이따위 미치광이들이 어떻게 알고 찾아와 죽어갈까
더 이상의 흥미를 갖지 않는 늙은 개도 측은하지만
아무도 모른다, 저 홀로 없어진 구름은
처음부터 창문의 것이 아니었으니

흔해빠진 독서

휴일의 대부분은 죽은 자들에 대한 추억에 바쳐진다
죽은 자들은 모두가 겸손하며, 그 생애는 이해하기 쉽다
나 역시 여태껏 수많은 사람들을 허용했지만
때때로 죽은 자들에게 나를 빌려주고 싶을 때가 있다
수북한 턱수염이 매력적인 이 두꺼운 책의 저자는
의심할 여지 없이 불행한 생을 보냈다, 위대한 작가들이란
대부분 비슷한 삶을 살다 갔다, 그들이 선택할 삶은 이제 없다
몇 개의 도회지를 방랑하며 청춘을 탕진한 작가는
엎질러진 것이 가난뿐인 거리에서 일자리를 찾는 중이다
그는 분명 그 누구보다 인생의 고통을 잘 이해하게 되겠지만
종잇장만 바스락거릴 뿐, 틀림없이 나에게 관심이 없다
그럴 때마다 내 손가락들은 까닭 없이 성급해지는 것이다
휴일이 지나가면 그뿐, 그 누가 나를 빌려가겠는가
나는 분명 감동적인 충고를 늘어놓을 저자를 눕혀두고
여느 때와 다를 바 없는 저녁의 거리로 나간다
휴일의 행인들은 하나같이 곧 울음을 터뜨릴 것만 같다
그러면 종종 묻고 싶어진다, 내 무시무시한 생애는
얼마나 매력적인가, 이 거추장스러운 마음을 망치기 위해
가엾게도 얼마나 많은 사람들과 흙탕물 주위를 나는
기웃거렸던가!
그러면 그대들은 말한다, 당신 같은 사람은 너무 많이 읽었다고
대부분 쓸모없는 죽은 자들을 당신이 좀 덜어가달라고

추억에 대한 경멸

손님이 돌아가자 그는 마침내 혼자가 되었다
어슴푸레한 겨울 저녁, 집 밖을 찬바람이 떠다닌다
유리창의 얼음을 뜯어내다 말고, 사내는 주저앉는다
아아, 오늘은 유쾌한 하루였다, 자신의 나지막한 탄식에
사내는 걷잡을 수 없이 불쾌해진다, 저 성가신 고양이
그는 불을 켜기 위해 방 안을 가로질러야 한다
나무토막 같은 팔을 쳐들면서 사내는, 방이 너무 크다
왜냐하면, 하고 중얼거린다, 나에게도 추억거리는 많다
아무도 내가 살아온 내용에 간섭하면 안 된다
몇 장의 사진을 들여다보던 사내가 한숨을 쉰다
이건 여인숙과 다를 바 없구나, 모자라도 뒤집어쓸까
어쩌다가 이봐, 책임질 밤과 대낮들이 아직 얼마인가
사내는 머리를 끄덕인다, 가스레인지는 차갑게 식어 있다
그렇다, 이런 밤은 저 게으른 사내에게 너무 가혹하다
내가 차라리 늙은이였다면! 그는 사진첩을 내동댕이친다
추억은 이상하게 중단된다, 그의 커다란 슬리퍼가 벗겨진다
손아귀에서 몸부림치는 작은 고양이, 날카로운 이빨 사이로 독한
술을 쏟아붓는, 저 헐떡이는, 사내

물 속의 사막

밤 세 시, 길 밖으로 모두 흘러간다 나는 금지된다
장맛비 빈 빌딩에 퍼붓는다
물 위를 읽을 수 없는 문장들이 지나가고
나는 더 이상 인기척을 내지 않는다

유리창, 푸른 옥수수잎 흘러내린다
무정한 옥수수나무…… 나는 천천히 발음해본다
석탄가루를 뒤집어쓴 흰 개는
그해 장마 통에 집을 버렸다

비닐집, 비에 잠겼던 흙탕마다
잎들은 각오한 듯 무성했지만
의심이 많은 자의 침묵은 아무것도 통과하지 못한다
밤 도시의 환한 빌딩은 차디차다

장맛비, 아버지 얼굴 떠내려오신다
유리창에 잠시 붙어 입을 벌린다
나는 헛것을 살았다, 살아서 헛것이었다
우수수 아버지 지워진다, 빗줄기와 몸을 바꾼다

아버지, 비에 묻는다 내 단단한 각오들은 어디로 갔을까?
번들거리는 검은 유리창, 와이셔츠 흰빛은 터진다

미친 듯이 소리친다, 빌딩 속은 악몽조차 젖지 못한다
물들은 집을 버렸다! 내 눈 속에는 물들이 살지 않는다

가는 비 온다

간판들이 조금씩 젖는다
나는 어디론가 가기 위해 걷고 있는 것이 아니다
둥글고 넓은 가로수 잎들은 떨어지고
이런 날 동네에서는 한 소년이 죽기도 한다
저 식물들에게 내가 그러나 해줄 수 있는 일은 없다
언젠가 이곳에 인질극이 있었다
범인은 「휴일」이라는 노래를 틀고 큰 소리로 따라 부르며
자신의 목을 긴 유리조각으로 그었다
지금은 한 여자가 그 집에 산다
그 여자는 대단히 고집 센 거위를 기른다
가는 비……는 사람들의 바지를 조금 적실 뿐이다
그렇다면 죽은 사람의 음성은 이제 누구의 것일까
이 상점은 어쩌다 간판을 바꾸었을까
도무지 쓸데없는 것들에 관심이 많다고
우산을 쓴 친구들은 나에게 지적한다
이 거리 끝에는 커다란 전당포가 있다, 주인의 얼굴은
아무도 모른다, 사람들은 시간을 빌리러 뒤뚱뒤뚱 그곳에 간다
이를테면 빗방울과 장난을 치는 저 거위는
식탁에 오를 나날 따위엔 관심이 없다
나는 안다, 가는 비……는 사람을 선택하지 않으며
누구도 죽음에게 쉽사리 자수하지 않는다
그러나 어쩌랴, 하나뿐인 입들을 막아버리는
가는 비…… 오는 날, 사람들은 모두 젖은 길을 걸어야 한다

질투는 나의 힘

아주 오랜 세월이 흐른 뒤에
힘없는 책갈피는 이 종이를 떨어뜨리리
그때 내 마음은 너무나 많은 공장을 세웠으니
어리석게도 그토록 기록할 것이 많았구나
구름 밑을 천천히 쏘다니는 개처럼
지칠 줄 모르고 공중에서 머뭇거렸구나
나 가진 것 탄식밖에 없어
저녁 거리마다 물끄러미 청춘을 세워두고
살아온 날들을 신기하게 세어보았으니
그 누구도 나를 두려워하지 않았으니
내 희망의 내용은 질투뿐이었구나
그리하여 나는 우선 여기에 짧은 글을 남겨둔다
나의 생은 미친 듯이 사랑을 찾아 헤매었으나
단 한 번도 스스로를 사랑하지 않았노라

기억할 만한 지나침

그리고 나는 우연히 그곳을 지나게 되었다
눈은 퍼부었고 거리는 캄캄했다
움직이지 못하는 건물들은 눈을 뒤집어쓰고
희고 거대한 서류 뭉치로 변해갔다
무슨 관공서였는데 희미한 불빛이 새어 나왔다
유리창 너머 한 사내가 보였다
그 춥고 큰 방에서 서기(書記)는 혼자 울고 있었다!
눈은 퍼부었고 내 뒤에는 아무도 없었다
침묵을 달아나지 못하게 하느라 나는 거의 고통스러웠다
어떻게 해야 할까, 나는 중지시킬 수 없었다
나는 그가 울음을 그칠 때까지 창밖에서 떠나지 못했다

그리고 나는 우연히 지금 그를 떠올리게 되었다
밤은 깊고 텅 빈 사무실 창밖으로 눈이 퍼붓는다
나는 그 사내를 어리석은 자라고 생각하지 않는다

가수는 입을 다무네

걸어가면서도 나는 기억할 수 있네
그때 나의 노래 죄다 비극이었으나
단순한 여자들은 나를 둘러쌌네
행복한 난투극들은 모두 어디로 갔나
어리석었던 청춘을, 나는 욕하지 않으리

흰 김이 피어오르는 골목에 떠밀려
그는 갑자기 가랑비와 인파 속에 뒤섞인다
그러나 그는 다른 사람들과 전혀 구별되지 않는다
모든 세월이 떠돌이를 법으로 몰아냈으니
너무 많은 거리가 내 마음을 운반했구나
그는 천천히 얇고 검은 입술을 다문다
가랑비는 조금씩 그의 머리카락을 적신다
한마디로 입구 없는 삶이었지만
모든 것을 취소하고 싶었던 시절도 아득했다
나를 괴롭힐 장면이 아직도 남아 있을까
모퉁이에서 그는 외투 깃을 만지작거린다
누군가 나의 고백을 들어주었으면 좋으련만
그가 누구든 엄청난 추억을 나는 지불하리라
그는 걸음을 멈춘다, 어느새 다 젖었다
언제부턴가 내 얼굴은 까닭 없이 눈을 찌푸리고
내 마음은 고통에게서 조용히 버림받았으니

여보게, 삶은 떠돌이들을 한군데 쓸어담지 않는다, 그는
무슨 영화의 주제가처럼 가족도 없이 흘러온 것이다
그의 입술은 마른 가랑잎, 모든 깨달음은 뒤늦은 것이니
따라가보면 축축한 등 뒤로 이런 웅얼거림도 들린다

어떠한 날씨도 이 거리를 바꾸지 못하리
검은 외투를 입은 중년 사내 혼자
가랑비와 인파 속을 걷고 있네
너무 먼 거리여서 표정은 알 수 없으나
강조된 것은 사내도 가랑비도 아니었네

홀린 사람

사회자가 외쳤다
여기 일생 동안 이웃을 위해 산 분이 계시다
이웃의 슬픔은 이분의 슬픔이었고
이분의 슬픔은 이글거리는 빛이었다
사회자는 하늘을 걸고 맹세했다
이분은 자신을 위해 푸성귀 하나 심지 않았다
눈물 한 방울도 자신을 위해 흘리지 않았다
사회자는 흐느꼈다
보라, 이분은 당신들을 위해 청춘을 버렸다
당신들을 위해 죽을 수도 있다
그분은 일어서서 흐느끼는 사회자를 제지했다
군중들은 일제히 그분에게 박수를 쳤다
사내들은 울먹였고 감동한 여인들은 실신했다
그때 누군가 그분에게 물었다, 당신은 신인가
그분은 목소리를 향해 고개를 돌렸다
당신은 유령인가, 목소리가 물었다
저 미치광이를 끌어내, 사회자가 소리쳤다
사내들은 달려갔고 분노한 여인들은 날뛰었다
그분은 성난 사회자를 제지했다
군중들은 일제히 그분에게 박수를 쳤다
사내들은 울먹였고 감동한 여인들은 실신했다
그분의 답변은 군중들의 아우성 때문에 들리지 않았다

입 속의 검은 잎

택시 운전사는 어두운 창밖으로 고개를 내밀어
이따금 고함을 친다, 그때마다 새들이 날아간다
이곳은 처음 지나는 벌판과 황혼,
나는 한 번도 만난 적 없는 그를 생각한다

그 일이 터졌을 때 나는 먼 지방에 있었다
먼지의 방에서 책을 읽고 있었다
문을 열면 벌판에는 안개가 자욱했다
그해 여름 땅바닥은 책과 검은 잎들을 질질 끌고 다녔다
접힌 옷가지를 펼칠 때마다 흰 연기가 튀어나왔다
침묵은 하인에게 어울린다고 그는 썼다
나는 그의 얼굴을 한 번 본 적이 있다
신문에서였는데 고개를 조금 숙이고 있었다
그리고 그 일이 터졌다, 얼마 후 그가 죽었다

그의 장례식은 거센 비바람으로 온통 번들거렸다
죽은 그를 실은 차는 참을 수 없이 느릿느릿 나아갔다
사람들은 장례식 행렬에 악착같이 매달렸고
백색의 차량 가득 검은 잎들은 나부꼈다
나의 혀는 천천히 굳어갔다, 그의 어린 아들은
잎들의 포위를 견디다 못해 울음을 터뜨렸다
그해 여름 많은 사람들이 무더기로 없어졌고

놀란 자의 침묵 앞에 불쑥불쑥 나타났다
망자의 혀가 거리에 흘러넘쳤다
택시 운전사는 이따금 뒤를 돌아다본다
나는 저 운전사를 믿지 못한다, 공포에 질려
나는 더듬거린다, 그는 죽은 사람이다
그 때문에 얼마나 많은 장례식들이 숨죽여야 했던가
그렇다면 그는 누구인가, 내가 가는 곳은 어디인가
나는 더 이상 대답하지 않으면 안 된다, 어디서
그 일이 터질지 아무도 모른다, 어디든지
가까운 지방으로 나는 가야 하는 것이냐
이곳은 처음 지나는 벌판과 황혼,
내 입 속에 악착같이 매달린 검은 잎이 나는 두렵다

그날

어둑어둑한 여름날 아침 낡은 창문 틈새로 빗방울이 들이친다.
어두운 방 한복판에서 김(金)은 짐을 싸고 있다. 그의 트렁크가 가장
먼저 접수한 것은 김의 넋이다. 창문 밖에는 엿보는 자 없다. 마침내
전날 김은 직장과 헤어졌다. 잠시 동안 김은 무표정하게 침대를
바라본다. 모든 것을 알고 있는 침대는 말이 없다. 비로소 나는
풀려나간다, 김은 자신에게 속삭인다, 마침내 세상의 중심이 되었다.

나를 끌고 다녔던 몇 개의 길을 나는 영원히 추방한다. 내 생의
주도권은 이제 마음에서 육체로 넘어갔으니 지금부터 나는 길고도
오랜 여행을 떠날 것이다. 내가 지나치는 거리마다 낯선 기쁨과
전율은 가득 차리니 어떠한 권태도 더 이상 내 혀를 지배하면 안 된다.

모든 의심을 짐을 꾸리면서 김은 거둔다. 어둑어둑한 여름날 아침
창문 밖으로 보이는 젖은 길은 침대처럼 고요하다. 마침내 낭하가
텅텅 울리면서 문이 열린다. 잠시 동안 김은 무표정하게 거리를
바라본다. 김은 천천히 손잡이를 놓는다. 마침내 희망과 걸음이 동시에
떨어진다. 그 순간, 쇠뭉치 같은 트렁크가 김을 쓰러뜨린다. 그곳에서
계집아이 같은 가늘은 울음소리가 터진다. 주위에는 아무도 없다.
빗방울은 은퇴한 노인의 백발 위로 들이친다.

II

안개

1

아침저녁으로 샛강에 자욱이 안개가 낀다.

2

이 읍에 처음 와본 사람은 누구나
거대한 안개의 강을 거쳐야 한다.
앞서간 일행들이 천천히 지워질 때까지
쓸쓸한 가축들처럼 그들은
그 긴 방죽 위에 서 있어야 한다.
문득 저 홀로 안개의 빈 구멍 속에
갇혀 있음을 느끼고 경악할 때까지.

어떤 날은 두꺼운 공중의 종잇장 위에
노랗고 딱딱한 태양이 걸릴 때까지
안개의 군단은 샛강에서 한 발자국도 이동하지 않는다.
출근길에 늦은 여공들은 깔깔거리며 지나가고
긴 어둠에서 풀려나는 검고 무뚝뚝한 나무들 사이로
아이들은 느릿느릿 새어 나오는 것이다.

안개에 익숙하지 않은 사람들은 처음 얼마 동안

보행의 경계심을 늦추는 법이 없지만, 곧 남들처럼
안개 속을 이리저리 뚫고 다닌다. 습관이란
참으로 편리한 것이다. 쉽게 안개와 식구가 되고
멀리 송전탑이 희미한 동체를 드러낼 때까지
그들은 미친 듯이 흘러다닌다.

가끔씩 안개가 끼지 않는 날이면
방죽 위로 걸어가는 얼굴들은 모두 낯설다. 서로를 경계하며
바쁘게 지나가고, 맑고 쓸쓸한 아침들은 그러나
아주 드물다. 이곳은 안개의 성역이기 때문이다.

날이 어두워지면 안개는 샛강 위에
한 겹씩 그의 빠른 옷을 벗어놓는다. 순식간에 공기는
희고 딱딱한 액체로 가득 찬다. 그 속으로
식물들, 공장들이 빨려들어가고
서너 걸음 앞선 한 사내의 반쪽이 안개에 잘린다.

몇 가지 사소한 사건도 있었다.
한밤중에 여직공 하나가 겁탈당했다.
기숙사와 가까운 곳이었으나 그녀의 입이 막히자
그것으로 끝이었다. 지난겨울엔
방죽 위에서 취객 하나가 얼어 죽었다.
바로 곁을 지난 삼륜차는 그것이
쓰레기 더미인 줄 알았다고 했다. 그러나 그것은
개인적인 불행일 뿐, 안개의 탓은 아니다.

안개가 걷히고 정오 가까이
공장의 검은 굴뚝들은 일제히 하늘을 향해

젖은 총신을 겨눈다. 상처 입은 몇몇 사내들은
험악한 욕설을 해대며 이 폐수의 고장을 떠나갔지만
재빨리 사람들의 기억에서 밀려났다. 그 누구도
다시 읍으로 돌아온 사람은 없었기 때문이다.

3

아침저녁으로 샛강에 자욱이 안개가 낀다.
안개는 그 읍의 명물이다.
누구나 조금씩은 안개의 주식을 갖고 있다.
여공들의 얼굴은 희고 아름다우며
아이들은 무럭무럭 자라 모두들 공장으로 간다.

전문가

이사 온 그는 이상한 사람이었다
그의 집 담장들은 모두 빛나는 유리들로 세워졌다

골목에서 놀고 있는 부주의한 아이들이
잠깐의 실수 때문에
풍성한 햇빛을 복사해내는
그 유리담장을 박살 내곤 했다

그러나 애들아, 상관없다
유리는 또 갈아 끼우면 되지
마음껏 이 골목에서 놀렴

유리를 깬 아이는 얼굴이 새빨개졌지만
이상한 표정을 짓던 다른 아이들은
아이들답게 곧 즐거워했다
견고한 송판으로 담을 쌓으면 어떨까
주장하는 아이는, 그 아름다운
골목에서 즉시 추방되었다

유리담장은 매일같이 깨어졌다
필요한 시일이 지난 후, 동네의 모든 아이들이
충실한 그의 부하가 되었다

어느 날 그가 유리담장을 떼어냈을 때, 그 골목은
가장 햇빛이 안 드는 곳임이
판명되었다, 일렬로 선 아이들은
묵묵히 벽돌을 날랐다

백야

눈이 그친다.
인천집 흐린 유리창에 불이 꺼지고
낮은 지붕들 사이에 끼인
하늘은 딱딱한 널빤지처럼 떠 있다.
가늠할 수 없는 넓이로 바람은
손쉽게 더러운 담벼락을 포장하고
싸락눈들은 비명을 지르며 튀어 오른다.
흠집투성이 흑백의 자막 속을
한 사내가 천천히 걷고 있다.
무슨 농구(農具)처럼 굽은 손가락들, 어디선가 빠뜨려버린
몇 병의 취기를 기억해내며 사내는
문 닫힌 상회 앞에서 마지막 담배와 헤어진다.
빈 골목은 펼쳐진 담요처럼 쓸쓸한데
싸락눈 낮은 촉광 위로 길게 흔들리는
기침 소리 몇. 검게 얼어붙은 간판 밑을 지나
휘적휘적 사내는 어디로 가는 것일까.
이 밤, 빛과 어둠을 분간할 수 없는
꽝꽝 빛나는, 이 무서운 백야
밟을수록 더욱 단단해지는 눈길을 만들며
군용 파카 속에서 칭얼거리는 어린 아들을 업은 채

조치원

사내가 달걀을 하나 건넨다.
일기예보에 의하면 1시쯤에
열차는 대전에서 진눈깨비를 만날 것이다.
스팀 장치가 엉망인 까닭에
마스크를 낀 승객 몇몇이 젖은 담배 필터 같은
기침 몇 개를 뱉어내고
쉽게 잠이 오지 않는 축축한 의식 속으로
실내등의 어두운 불빛들은 잠깐씩 꺼지곤 하였다.

서울에서 아주 떠나는 기분 이해합니까?
고향으로 가시는 길인가 보죠.
이번엔, 진짜, 낙향입니다.
달걀 껍질을 벗기다가 손끝을 다친 듯
사내는 잠시 말이 없다.
조치원에서 고등학교까지 마쳤죠. 서울 생활이란
내 삶에 있어서 하찮은 문장 위에 찍힌
방점과도 같은 것이었어요.
조치원도 꽤 큰 도회지 아닙니까?
서울은 내 둥우리가 아니었습니다. 그곳에서
지방 사람들이 더욱 난폭한 것은 당연하죠.
어두운 차창 밖에는 공중에 뜬 생선 가시처럼
놀란 듯 새하얗게 서 있는 겨울 나무들.

한때 새들을 날려 보냈던 기억의 가지들을 위하여
어느 계절까지 힘겹게 손을 들고 있는가.
간이역에서 속도를 늦추는 열차의 작은 진동에도
소스라쳐 깨어나는 사람들. 소지품마냥 펼쳐 보이는
의심 많은 눈빛이 다시 감기고
좀더 편안한 생을 차지하기 위하여
사투리처럼 몸을 뒤척이는 남자들.
발밑에는 몹쓸 꿈들이 빵봉지 몇 개로 뒹굴곤 하였다.

그러나 서울은 좋은 곳입니다. 사람들에게
분노를 가르쳐주니까요. 덕분에 저는
도둑질 말고는 다 해보았답니다.
조치원까지 사내는 말이 없다. 그곳에서
그를 기다리고 있는 것은 무엇일까. 그의 마지막 귀향은
이것이 몇 번째일까, 나는 고개를 흔든다.
나의 졸음은 질 나쁜 성냥처럼 금방 꺼져버린다.
설령 사내를 며칠 후 서울 어느 거리에서
우연히 마주친다 한들 어떠랴. 누구나 겨울을 위하여
한 개쯤의 외투는 갖고 있는 것.

사내는 작은 가방을 들고 일어선다. 견고한 지퍼의 모습으로
그의 입은 가지런한 이빨을 단 한 번 열어 보인다.
플랫폼 쪽으로 걸어가던 사내가
마주 걸어오던 몇몇 청년들과 부딪친다.
어떤 결의를 애써 감출 때 그렇듯이
청년들은 톱밥같이 쓸쓸해 보인다.
조치원이라 쓴 네온 간판 밑을 사내가 통과하고 있다.
나는 그때 크고 검은 한 마리 새를 본다. 틀림없이

사내는 땅 위를 천천히 날고 있다. 시간은 0시.

눈이 내린다.

나쁘게 말하다

어둠 속에서 몇 개의 그림자가 어슬렁거렸다
어떤 그림자는 캄캄한 벽에 붙어 있었다
눈치챈 차량들이 서둘러 불을 껐다
건물들마다 순식간에 문이 잠겼다
멈칫했다, 석유 냄새가 터졌다
가늘고 길쭉한 금속을 질질 끄는 소리가 들렸다
검은 잎들이 훌끔거리며 굴러갔다
손과 발이 빠르게 이동했다
담뱃불이 반짝했다, 골목으로 들어오던 행인이
날카로운 비명을 질렀다

저들은 왜 밤마다 어둠 속에 모여 있는가
저 청년들의 욕망은 어디로 가는가
사람들의 쾌락은 왜 같은 종류인가

대학 시절

나무의자 밑에는 버려진 책들이 가득하였다
은백양의 숲은 깊고 아름다웠지만
그곳에서는 나뭇잎조차 무기로 사용되었다
그 아름다운 숲에 이르면 청년들은 각오한 듯
눈을 감고 지나갔다, 돌층계 위에서
나는 플라톤을 읽었다, 그때마다 총성이 울렸다
목련철이 오면 친구들은 감옥과 군대로 흩어졌고
시를 쓰던 후배는 자신이 기관원이라고 털어놓았다
존경하는 교수가 있었으나 그분은 원체 말이 없었다
몇 번의 겨울이 지나자 나는 외톨이가 되었다
그리고 졸업이었다, 대학을 떠나기가 두려웠다

늙은 사람

그는 쉽게 들켜버린다
무슨 딱딱한 덩어리처럼
달아날 수 없는,
공원 등나무 그늘 속에 웅크린

그는 앉아 있다
최소한의 움직임만을 허용하는 자세로
나의 얼굴, 벌어진 어깨, 탄탄한 근육을 조용히 핥는
그의 탐욕스런 눈빛

나는 혐오한다, 그의 짧은 바지와
침이 흘러내리는 입과
그것을 눈치채지 못하는
허옇게 센 그의 정신과

내가 아직 한 번도 가본 적 없다는 이유 하나로
나는 그의 세계에 침을 뱉고
그가 이미 추방되어버린 곳이라는 이유 하나로
나는 나의 세계를 보호하며
단 한 걸음도
그의 틈입을 용서할 수 없다

갑자기 나는 그를 쳐다본다, 같은 순간 그는 간신히
등나무 아래로 시선을 떨어뜨린다
손으로는 쉴 새 없이 단장을 만지작거리며
여전히 입을 벌린 채
무엇인가 할 말이 있다는 듯이, 그의 육체 속에
유일하게 남아 있는 그 무엇이 거추장스럽다는 듯이

오래된 서적

내가 살아온 것은 거의
기적적이었다
오랫동안 나는 곰팡이 피어
나는 어둡고 축축한 세계에서
아무도 들여다보지 않는 질서

속에서, 텅 빈 희망 속에서
어찌 스스로의 일생을 예언할 수 있겠는가
다른 사람들은 분주히
몇몇 안 되는 내용을 가지고 서로의 기능을
넘겨보며 서표(書標)를 꽂기도 한다
또 어떤 이는 너무 쉽게 살았다고
말한다, 좀더 두꺼운 추억이 필요하다는

사실, 완전을 위해서라면 두께가
문제겠는가? 나는 여러 번 장소를 옮기며 살았지만
죽음은 생각도 못했다, 나의 경력은
출생뿐이었으므로, 왜냐하면
두려움이 나의 속성이며
미래가 나의 과거이므로
나는 존재하는 것, 그러므로
용기란 얼마나 무책임한 것인가, 보라

나를
한 번이라도 본 사람은 모두
나를 떠나갔다, 나의 영혼은
검은 페이지가 대부분이다, 그러니 누가 나를
펼쳐볼 것인가, 하지만 그 경우
그들은 거짓을 논할 자격이 없다
거짓과 참됨은 모두 하나의 목적을
꿈꾸어야 한다, 단
한 줄일 수도 있다

나는 기적을 믿지 않는다

어느 푸른 저녁

1

그런 날이면 언제나
이상하기도 하지, 나는
어느새 처음 보는 푸른 저녁을 걷고
있는 것이다, 검고 마른 나무들
아래로 제각기 다른 얼굴들을 한
사람들은 무엇엔가 열중하며
걸어오고 있는 것이다, 혹은 좁은 낭하를 지나
이상하기도 하지, 가벼운 구름들같이
서로를 통과해가는

나는 그것을 예감이라 부른다, 모든 움직임은 홀연히 정지
하고, 거리는 일순간 정적에 휩싸이는 것이다
보이지 않는 거대한 숨구멍 속으로 빨려들어가듯
그런 때를 조심해야 한다, 진공 속에서 진자는
곧, 아무 일 없었다는 듯이
검은 외투를 입은 그 사람들은 다시 저 아래로
태연히 걸어가고 있는 것이다, 조금씩 흔들리는
것은 무방하지 않은가
나는 그것을 본다

모랫더미 위에 몇몇 사내가 앉아 있다, 한 사내가
조심스럽게 얼굴을 쓰다듬어본다
공기는 푸른 유리병, 그러나
어둠이 내리면 곧 투명해질 것이다, 대기는
그 속에 둥글고 빈 통로를 얼마나 무수히 감추고 있는가!
누군가 천천히 속삭인다, 여보게
우리의 생활이란 얼마나 보잘것없는 것인가
세상은 얼마나 많은 법칙들을 숨기고 있는가
나는 그를 향해 고개를 돌린다, 그러나 느낌은 구체적으로
언제나 뒤늦게 온다, 아무리 빠른 예감이라도
이미 늦은 것이다 이미
그곳에는 아무도 없다

2

가장 짧은 침묵 속에서 사람들은
얼마나 많은 결정들을 한꺼번에 내리는 것일까
나는 까닭 없이 고개를 갸우뚱해본다
둥글게 무릎을 기운 차가운 나무들, 혹은
곧 유리창을 쏟아버릴 것 같은 검은 건물들 사이를 지나
낮은 소리들을 주고받으며
사람들은 걸어오는 것이다
몇몇은 딱딱해 보이는 모자를 썼다
이상하기도 하지, 가벼운 구름들같이
서로를 통과해가는
나는 그것을 습관이라 부른다, 또다시 모든 움직임은 홀연히 정지
하고, 거리는 일순간 정적에 휩싸이는 것이다, 그러나
안심하라, 감각이여! 아무 일 없었다는 듯이

검은 외투를 입은 그 사람들은 다시 저 아래로
태연히 걸어가고 있는 것이다
어느 투명한 저녁

아무 일 없었다는 듯이
모든 신비로부터 자신을 보호하기 위하여

오후 4시의 희망

김(金)은 블라인드를 내린다, 무엇인가
생각해야 한다, 나는 침묵이 두렵다
침묵은 그러나 얼마나 믿음직한 수표인가
내 나이를 지나간 사람들이 내게 그걸 가르쳤다
김은 주저앉는다, 어쩔 수 없이 이곳에
한번 꽂히면 어떤 건물도 도시를 빠져나가지 못했다
김은 중얼거린다, 이곳에는 죽음도 살지 못한다
나는 오래전부터 그것과 섞였다, 습관은 아교처럼 안전하다
김은 비스듬히 몸을 기울여본다, 쏟아질 그 무엇이 남아 있다는
듯이
그러나 물을 끝없이 갈아주어도 저 꽃은 죽고 말 것이다,
빵 껍데기처럼
김은 상체를 구부린다, 빵 부스러기처럼
내겐 얼마나 사건이 많았던가, 콘크리트처럼 나는 잘 참아왔다
그러나 경험 따위는 자랑하지 말게, 그가 텅텅 울린다, 여보게
놀라지 말게, 아까부터 줄곧 자네 뒤쪽에 앉아 있었네
김은 약간 몸을 부스럭거린다, 이봐, 우린 언제나
서류 뭉치처럼 속에 나란히 붙어 있네, 김은 어깨를 으쓱해
보인다
아주 얌전히 명함이나 타이프 용지처럼
햇빛 한 장이 들어온다, 김은 블라인드 쪽으로 다가간다
그러나 가볍게 건드려도 모두 무너진다, 더 이상 무너지지

않으려면 모든 것을 포기해야 하네

　　김은 그를 바라본다, 그는 김 쪽을 향해 가볍게 손가락을

　　튕긴다, 무너질 것이 남아 있다는 것은 얼마나 즐거운가

　　즐거운가, 과장을 즐긴다는 것은 얼마나 지루한가

　　김은 중얼거린다, 누군가 나를 망가뜨렸으면 좋겠네, 그는

중얼거린다

　　나는 어디론가 나가게 될 것이다, 이 도시 어디서든

　　나는 당황하지 않을 것이다, 그래서 나는 당황할 것이다

　　그가 김을 바라본다, 김이 그를 바라본다

　　한번 꽂히면 김도, 어떤 생각도, 그도 이 도시를 빠져나가지

못한다

　　김은, 그는 천천히 눈을 감는다, 나는 블라인드를 튼튼히 내렸었다

　　또다시 어리석은 시간이 온다, 김은 갑자기 눈을 뜬다, 갑자기

그가 울음을 터뜨린다, 갑자기

　　모든 것이 엉망이다, 예정된 모든 무너짐은 얼마나 질서정연한가

　　김은 얼굴이 이그러진다

장밋빛 인생

문을 열고 사내가 들어온다
모자를 벗자 그의 남루한 외투처럼
희끗희끗한 반백의 머리카락이 드러난다
삐걱이는 나무의자에 자신의 모든 것을 밀어 넣고
그는 건장하고 탐욕스러운 두 손으로
우스꽝스럽게도 작은 컵을 움켜쥔다
단 한 번이라도 저 커다란 손으로 그는
그럴듯한 상대의 목덜미를 쥐어본 적이 있었을까
사내는 말이 없다, 그는 함부로 자신의 시선을 사용하지 않는 대신
한곳을 향해 그 어떤 체험들을 착취하고 있다
숱한 사건들의 매듭을 풀기 위해, 얼마나 가혹한 많은 방문객들을
저 시선은 노려보았을까, 여러 차례 거듭되는
의혹과 유혹을 맛본 자들의 그것처럼
그 어떤 육체의 무질서도 단호히 거부하는 어깨
어찌 보면 그 어떤 질투심에 스스로 감격하는 듯한 입술
분명 우두머리를 꿈꾸었을, 머리카락에 가리워진 귀
그러나 누가 감히 저 사내의 책임을 뒤집어쓰랴
사내는 여전히 말이 없다, 비로소 생각났다는 듯이
그는 두툼한 외투 속에서 무엇인가 끄집어낸다
고독의 완강한 저항을 뿌리치며, 어떤 대결도 각오하겠다는 듯이
사내는 주위를 두리번거린다, 얼굴 위를 걸어 다니는 저 표정

삐걱이는 나무의자에 자신의 모든 것을 밀어 넣고
사내는 그것으로 탁자 위를 파내기 시작한다
건장한 덩치를 굽힌 채, 느릿느릿
그러나 허겁지겁, 스스로의 명령에 힘을 넣어가며

나는 인생을 증오한다

III

바람은 그대 쪽으로

어둠에 가려 나는 더 이상 나뭇가지를 흔들지 못한다. 단 하나의
영혼을 준비하고 발소리를 죽이며 나는 그대 창문으로 다가간다.
가축들의 순한 눈빛이 만들어내는 희미한 길 위에는 가지를 막 떠나는
긴장한 이파리들이 공중 빈 곳을 찾고 있다. 외롭다. 그대, 내 낮은
기침 소리가 그대 단편의 잠 속에서 끼어들 때면 창틀에 조그만
램프를 켜다오. 내 그리움의 거리는 너무 멀고 침묵은 언제나
이리저리 나를 끌고 다닌다. 그대는 아주 늦게 창문을 열어야 한다.
불빛은 너무 약해 벌판을 잡을 수 없고, 갸우뚱 고개 젓는 그대 한숨
속으로 언제든 나는 들어가고 싶었다. 아아, 그대는 곧 입김을 불어 한
잎의 불을 끄리라. 나는 소리 없이 가장 작은 나뭇가지를 꺾는다. 그
나뭇가지 뒤에 몸을 숨기고 나는 내가 끝끝내 갈 수 없는 생의
벽지(僻地)를 조용히 바라본다. 그대, 저 고단한 등피(燈皮)를 다
닦아내는 박명의 시간, 흐려지는 어둠 속에서 몇 개의 움직임이
그치고 지친 바람이 짧은 휴식을 끝마칠 때까지.

10월

1

흩어진 그림자들, 모두
한곳으로 모이는
그 어두운 정오의 숲속으로
이따금 나는 한 개 짧은 그림자가 되어
천천히 걸어 들어간다
쉽게 조용해지는 나의 빈 손바닥 위에 가을은
둥글고 단단한 공기를 쥐어줄 뿐
그리고 나는 잠깐 동안 그것을 만져볼 뿐이다
나무들은 언제나 마지막이라 생각하며
작은 이파리들을 떨구지만
나의 희망은 이미 그런 종류의 것이 아니었다

너무 어두워지면 모든 추억들은
갑자기 거칠어진다
내 뒤에 있는 캄캄하고 필연적인 힘들에 쫓기며
나는 내 침묵의 심지를 조금 낮춘다
공중의 나뭇잎 수효만큼 검은
옷을 입은 햇빛들 속에서 나는
곰곰이 내 어두움을 생각한다, 어디선가 길다란 연기들이 날아와
희미한 언덕을 만든다, 빠짐없이 되살아나는

내 젊은 날의 저녁들 때문이다

한때 절망이 내 삶의 전부였던 적이 있었다
그 절망의 내용조차 잊어버린 지금
나는 내 삶의 일부분도 알지 못한다
이미 대지의 맛에 익숙해진 나뭇잎들은
내 초라한 위기의 발목 근처로 어지럽게 떨어진다
오오, 그리운 생각들이란 얼마나 죽음의 편에 서 있는가
그러나 내 사랑하는 시월의 숲은
아무런 잘못도 없다

2

자고 일어나면 머리맡의 촛불은 이미 없어지고
하얗고 딱딱한 옷을 입은 빈 병만 우두커니 나를 쳐다본다

이 겨울의 어두운 창문

어느 영혼이기에 아직도 가지 않고 문밖에서 서성이고 있느냐. 너
얼마나 세상을 축복하였길래 밤새 그 외로운 천형을 견디며 매달려
있느냐. 푸른 간유리 같은 대기 속에서 지친 별들 서둘러 제 빛을
끌어모으고 고단한 달도 야윈 낮의 형상으로 공중 빈 밭에 힘없이
걸려 있다.

아느냐, 내 일찍이 나를 떠나보냈던 꿈의 짐들로 하여 모든
응시들을 힘겨워하고 높고 험한 언덕들을 피해 삶을 지나다녔더니,
놀라워라. 가장 무서운 방향을 택하여 제 스스로 힘을 겨누는 그대,
기쁨을 숨긴 공포여, 단단한 확신의 즙액이여.

보아라, 쉬운 믿음은 얼마나 평안한 산책과도 같은 것이냐. 어차피
우리 모두 허물어지면 그뿐, 건너가야 할 세상 모두 가라앉으면
비로소 온갖 근심들 사라질 것을. 그러나 내 어찌 모를 것인가. 내 생
뒤에도 남아 있을 망가진 꿈들, 환멸의 구름들, 그 불안한 발자국
소리에 괴로워할 나의 죽음들.

오오, 모순이여, 오르기 위하여 떨어지는 그대. 어느 영혼이기에
이 밤 새이도록 끝없는 기다림의 직립으로 매달린 꿈의 뼈가 되어
있는가. 곧이어 몹쓸 어둠이 걷히면 떠날 것이냐. 한때 너를 이루었던
검고 투명한 물의 날개로 떠오르려는가. 나 또한 얼마만큼 오래
냉각된 꿈속을 뒤척여야 진실로 즐거운 액체가 되어 내 생을 적실

것인가. 공중에는 빛나는 달의 귀 하나 걸려 고요히 세상을 엿듣고 있다. 오오, 네 어찌 죽음을 비웃을 것이냐 삶을 버려둘 것이냐, 너 사나운 영혼이여! 고드름이여.

포도밭 묘지 1

주인은 떠나 없고 여름이 가기도 전에 황폐해버린 그해 가을, 포도밭 등성이로 저녁마다 한 사내의 그림자가 거대한 조명 속에서 잠깐씩 떠오르다 사라지는 풍경 속에서 내 약시(弱視)의 산책은 비롯되었네. 친구여, 그해 가을 내내 나는 적막과 함께 살았다. 그때 내가 데리고 있던 헛된 믿음들과 그 뒤에서 부르던 작은 충격들을 지금도 나는 기억하고 있네. 나는 그때 왜 그것을 몰랐을까. 희망도 아니었고 죽음도 아니었어야 할 그 어둡고 가벼웠던 종교들을 나는 왜 그토록 무서워했을까. 목마른 내 발자국마다 검은 포도알들은 목적도 없이 떨어지고 그때마다 고개를 들면 어느 틈엔가 낯선 풀잎의 자손들이 날아와 벌판 가득 흰 연기를 피워 올리는 것을 나는 한참이나 바라보곤 했네. 어둠은 언제든지 살아 있는 것들의 그림자만 골라 디디며 포도밭 목책으로 걸어왔고 나는 내 정신의 모두를 폐허로 만들면서 주인을 기다렸다. 그러나 기다림이란 마치 용서와도 같아 언제나 육체를 지치게 하는 법. 하는 수 없이 내 지친 발을 타일러 몇 개의 움직임을 만들다 보면 버릇처럼 이상한 무질서도 만나곤 했지만 친구여, 그때 이미 나에게는 흘릴 눈물이 남아 있지 않았다. 그리하여 내 정든 포도밭에서 어느 하루 한 알 새파란 소스라침으로 떨어져 촛농처럼 누운 밤이면 어둠도, 숨죽인 희망도 내게는 너무나 거추장스러웠네. 기억한다. 그해 가을 주인은 떠나 없고 그리움이 몇 개 그릇처럼 아무렇게나 사용될 때 나는 떨리는 손으로 짧은 촛불들을 태우곤 했다. 그렇게 가을도 가고 몇 잎 남은 추억들마저 천천히 힘을 잃어갈 때 친구여, 나는 그때 수천의 마른 포도 이파리가 떠내려가는

놀라운 공중(空中)을 만났다. 때가 되면 태양도 스스로의 빛을
아껴두듯이 나 또한 내 지친 정신을 가을 속에서 동그랗게 보호하기
시작했으니 나와 죽음은 서로를 지배하는 각자의 꿈이 되었네. 그러나
나는 끝끝내 포도밭을 떠나지 못했다. 움직이는 것은 아무것도
없었지만 나는 모든 것을 바꾸었다. 그리하여 어느 날 기척 없이
새끼줄을 들치고 들어선 한 사내의 두려운 눈빛을 바라보면서 그가
나를 주인이라 부를 때마다 아, 나는 황망히 고개 돌려 캄캄한 눈을
감았네. 여름이 가기도 전에 모든 이파리 땅으로 돌아간 포도밭,
참담했던 그해 가을, 그 빈 기쁨들을 지금 쓴다 친구여.

포도밭 묘지 2

아아, 그때의 빛이여. 빛 주위로 뭉치는 어둠이여. 서편 하늘 가득
실신한 청동의 구름 떼여. 목책 안으로 툭툭 떨어져 내리던 무엄한
새들이여. 쓴 물 밖으로 소스라치며 튀어나오던 미친 꽃들이여. 나는
끝을 알 수 없는 질투심에 휩싸여 너희들을 기다리리. 내 속의 모든
움직임이 그치고 탐욕을 향한 덩굴손에서 방황의 물기가 빠질 때까지

밤은 그렇게 왔다. 포도 압착실 앞 커다란 등받이의자에 붙어 한
잎 식물의 눈으로 바라보면 어둠은 화염처럼 고요해지고 언제나 내
눈물을 불러내는 저 깊은 공중(空中)들. 기억하느냐, 그해 가을 그 낯선
저녁 옻나무 그림자 속을 홀연히 스쳐가던 천사의 검은 옷자락과
아아, 더욱 높이 흔들리던 그 머나먼 주인의 임종. 종자(從者)여, 네가
격정을 사로잡지 못하여 죽음을 환난과 비교한다면 침묵의 구실을
만들기 위해 네가 울리는 낮은 종소리는 어찌 저 놀라운 노을을
설명할 수 있겠느냐. 저 공중의 욕망은 어둠을 지치도록 내버려두지
않고 종교는 아직도 지상에서 헤맨다. 묻지 말라, 이곳에서 너희가
완전히 불행해질 수 없는 이유는 신이 우리에게 괴로워할 권리를
스스로 사들이는 법을 아름다움이라 가르쳤기 때문이다. 밤은 그렇게
왔다. 비로소 너희가 전 생애의 쾌락을 슬픔에 걸듯이 믿음은 부재
속에서 싹트고 다시 그 믿음은 부재의 씨방 속으로 돌아가 영원히 쉴
것이니, 골짜기는 정적에 싸이고 우리가 그 정적을 사모하듯이 어찌
비밀을 숭배하는 무리가 많지 않으랴. 밤은 그렇게 노여움을 가장한
모습으로 찾아와 어두운 실내의 램프불을 돋우고 우리의 후회들로

빚어진 주인의 말씀은 정신의 헛된 식욕처럼 아름답다. 듣느냐, 이
세상 끝 간 곳엔 한 자락 바람도 일지 않았더라. 어떠한 슬픔도 그 끝에
이르면 짓궂은 변증의 쾌락으로 치우침을 네가 아느냐. 밤들어
새앙쥐를 물어뜯는 더러운 달빛 따라가며 휘파람 부는 작은
풀벌레들의 그 고요한 입술을 보았느냐. 햇빛은 또 다른 고통을
위하여 빛나는 나무의 알을 잉태하느니 종자여, 그 놀라운 보편을
진실로 네가 믿느냐.

숲으로 된 성벽

저녁노을이 지면
신들의 상점엔 하나둘 불이 켜지고
농부들은 작은 당나귀들과 함께
성안으로 사라지는 것이었다
성벽은 울창한 숲으로 된 것이어서
누구나 사원을 통과하는 구름 혹은
조용한 공기들이 되지 않으면
한 걸음도 들어갈 수 없는 아름답고
신비로운 그 성

어느 골동품 상인이 그 숲을 찾아와
몇 개 큰 나무들을 잘라내고 들어갔다
그곳에는…… 아무것도 없었다, 그가 본 것은
쓰러진 나무들뿐, 잠시 후
그는 그 공터를 떠났다

농부들은 아직도 그 평화로운 성에 살고 있다
물론 그 작은 당나귀들 역시

식목제

어느 날 불현듯
물 묻은 저녁 세상에 낮게 엎드려
물끄러미 팔을 뻗어 너를 가늠할 때
너는 어느 시간의 흙 속에
아득히 묻혀 있느냐
축축한 안개 속에서 어둠은
망가진 소리 하나하나 다듬으며
이 땅 위로 무수한 이파리를 길어 올린다
낯선 사람들, 괭이 소리 삽 소리
단단히 묻어두고 떠난 벌판
어디쯤일까 내가 연기처럼 더듬더듬 피어올랐던
이제는 침묵의 목책 속에 갇힌 먼 땅
다시 돌아갈 수 없으리, 흘러간다
어디로 흘러가느냐, 마음 한 자락 어느 곳 걸어두는 법 없이
희망을 포기하려면 죽음을 각오해야 하리, 흘러간다 어느 곳이든
기척 없이
자리를 바꾸던 늙은 구름의 말을 배우며
나는 없어질 듯 없어질 듯 생 속에 섞여들었네
이따금 나만을 향해 다가오는 고통이 즐거웠지만
슬픔 또한 정말 경미한 것이었다
한때의 헛된 집착으로도 솟는 맑은 눈물을 다스리며
아, 어느 개인 날 낯선 동네에 작은 꽃들이 피면 축복하며

지나가고
　　어느 궂은 날은 죽은 꽃 위에 잠시 머물다 흘러갔으므로
　　나는 일찍이 어느 곳에 나를 묻어두고
　　이다지 어지러운 이파리로만 날고 있는가
　　돌아보면 힘없는 추억들만을
　　이곳저곳 숨죽여 세워두었네
　　흘러간다, 모든 마지막 문들은 벌판을 향해 열리는데
　　아, 가랑잎 한 장 뒤집히는 소리에도
　　세상은 저리 쉽게 떠내려간다
　　보느냐, 마주 보이는 시간은 미루나무 무수히 곧게 서 있듯
　　멀수록 무서운 얼굴들이다, 그러나
　　희망도 절망도 같은 줄기가 틔우는 작은 이파리일 뿐, 그리하여
나는
　　살아가리라 어디 있느냐
　　식목제(植木祭)의 캄캄한 밤이여, 바람 속에 견고한 불의
입상(立像)이 되어
　　성성한 줄기로 솟아오를 거냐, 어느 날이냐 곧이어 소스라치며
　　내 유년의 떨리던, 짧은 넋이여

그 집 앞

그날 마구 비틀거리는 겨울이었네
그때 우리는 섞여 있었네
모든 것이 나의 잘못이었지만
너무도 가까운 거리가 나를 안심시켰네
나 그 술집 잊으려네
기억이 오면 도망치려네
사내들은 있는 힘 다해 취했네
나의 눈빛 지푸라기처럼 쏟아졌네
어떤 고함 소리도 내 마음 치지 못했네
이 세상에 같은 사람은 없네
모든 추억은 쉴 곳을 잃었네
나 그 술집에서 흐느꼈네
그날 마구 취한 겨울이었네
그때 우리는 섞여 있었네
사내들은 남은 힘 붙들고 비틀거렸네
나 못생긴 입술 가졌네
모든 것이 나의 잘못이었지만
벗어둔 외투 곁에서 나 흐느꼈네
어떤 조롱도 무거운 마음 일으키지 못했네
나 그 술집 잊으려네
이 세상에 같은 사람은 없네
그토록 좁은 곳에서 나 내 사랑 잃었네

노인들

감당하기 벅찬 나날들은 이미 다 지나갔다
그 긴 겨울을 견뎌낸 나뭇가지들은
봄빛이 닿는 곳마다 기다렸다는 듯 목을 분지르며 떨어진다

그럴 때마다 내 나이와는 거리가 먼 슬픔들을 나는 느낀다
그리고 그 슬픔들은 내 몫이 아니어서 고통스럽다

그러나 부러지지 않고 죽어 있는 날렵한 가지들은 추악하다

빈집

사랑을 잃고 나는 쓰네

잘 있거라, 짧았던 밤들아
창밖을 떠돌던 겨울 안개들아
아무것도 모르던 촛불들아, 잘 있거라
공포를 기다리던 흰 종이들아
망설임을 대신하던 눈물들아
잘 있거라, 더 이상 내 것이 아닌 열망들아

장님처럼 나 이제 더듬거리며 문을 잠그네
가엾은 내 사랑 빈집에 갇혔네

먼지투성이의 푸른 종이

나에게는 낡은 악기가 하나 있다. 여섯 개의 줄이 모두 끊어져 나는 오래전부터 그 기타를 사용하지 않는다. '한때 나의 슬픔과 격정들을 오선지 위로 데리고 가 부드러운 음자리로 배열해주던' 알 없는 일이 있다. 가끔씩 어둡고 텅 빈 방에 홀로 있을 때 그 기타에서 아름다운 소리가 난다. 나는 경악한다. 그러나 나의 감각들은 힘센 기억들을 품고 있다. 기타 소리가 멎으면 더듬더듬 나는 양초를 찾는다. 그렇다. 나에게는 낡은 악기가 하나 있는 것이다. 그렇다. 나는 가끔씩 어둡고 텅 빈 희망 속으로 걸어 들어간다. 그 이상한 연주를 들으면서 어떨 때는 내 몸의 전부가 어둠 속에서 가볍게 튕겨지는 때도 있다.

먼지투성이의 푸른 종이는 푸른색이다.
어떤 먼지도 그것의 색깔을 바꾸지 못한다.

밤눈

　네 속을 열면 몇 번이나 얼었다 녹으면서 바람이 불 때마다 또
다른 몸짓으로 자리를 바꾸던 은실들이 엉켜 울고 있어. 땅에는 얼음
속에서 썩은 가지들이 실눈을 뜨고 엎드려 있었어. 아무에게도 줄 수
없는 빛을 한 점씩 하늘 낮게 박으면서 너는 무슨 색깔로 또 다른
사랑을 꿈꾸었을까. 아무도 너의 영혼에 옷을 입히지 않던 사납고
고요한 밤, 얼어붙은 대지에는 무엇이 남아 너의 춤을 자꾸만
허공으로 띄우고 있었을까. 하늘에는 온통 네가 지난 자리마다 바람이
불고 있다. 아아, 사시나무 그림자 가득 찬 세상, 그 끝에 첫발을
디디고 죽음도 다가서지 못하는 온도로 또 다른 하늘을 너는 돌고
있어. 네 속을 열면.

위험한 가계 · 1969

1

그해 늦봄 아버지는 유리병 속에서 알약이 쏟아지듯 힘없이
쓰러지셨다. 여름 내내 그는 죽만 먹었다. 올해엔 김장을 조금 덜해도
되겠구나. 어머니는 남폿불 아래에서 수건을 쓰시면서 말했다. 이젠 그
얘긴 그만하세요 어머니. 쌓아둔 이불에 등을 기댄 채 큰누이가 소리
질렀다. 그런데 올해에는 무들마다 웬 바람이 이렇게 많이 들었을까.
나는 공책을 덮고 어머니를 바라보았다. 어머니. 잠바 하나 사주세요.
스펀지마다 숭숭 구멍이 났어요. 그래도 올겨울은 넘길 수 있을 게다.
봄이 오면 아버지도 나으실 거구. 풍병(風病)에 좋다는 약은 다
써보았잖아요. 마늘을 까던 작은누이가 눈을 비비며 중얼거렸지만
어머니는 잠자코 이마 위로 흘러내리는 수건을 가만히 고쳐 매셨다.

2

아버지. 그건 우리 닭도 아닌데 왜 그렇게 정성껏 돌보세요. 나는
사료를 한 줌 집어 던지면서 가지를 먹어 시퍼래진 입술로 투정을
부렸다. 농장의 목책을 훌쩍 뛰어넘으며 아버지는 말했다. 네게 모이를
주기 위해서야. 양계장 너머 뜬, 달걀 노른자처럼 노랗게 곪은 달이
아버지의 길게 늘어진 그림자를 이리저리 흔들 때마다 나는 아버지의
팔목에 매달려 휘휘 휘파람을 날렸다. 내일은 펌프 가에 꽃모종을
하자. 무슨 꽃을 보고 싶으냐. 꽃들은 금방 죽어요 아버지. 너도 올봄엔

벌써 열 살이다. 어머니가 양푼 가득 칼국수를 퍼 담으시며 말했다.
알아요 나도 이젠 병아리가 아니에요. 어머니. 그런데 웬 칼국수에
이렇게 많이 고춧가루를 치셨을까.

3

방죽에서 나는 한참을 기다렸다. 가을밤의 어둠 속에서 큰누이는
냉이꽃처럼 가늘게 휘청거리며 걸어왔다. 이번 달은 공장에서 야근
수당까지 받았어. 초록색 추리닝 윗도리를 하나 사고 싶은데. 요새
친구들이 많이 입고 출근해. 나는 오징어가 먹고 싶어. 그건 오래 씹을
수 있고 맛도 좋으니까. 집으로 가는 길은 너무 멀었다. 누이의 도시락
가방 속에서 스푼이 자꾸만 음악 소리를 냈다. 추리닝이 문제겠니.
내년 봄엔 너도 야간 고등학교라도 가야 한다. 어머니. 콩나물에 물은
주셨어요? 콩나물보다 너희들이나 빨리 자라야지. 엎드려서
공부하다가 코를 풀면 언제나 검뎅이가 묻어 나왔다. 심지를 좀
잘라내. 타버린 심지는 그을음만 나니까. 작은누이가 중얼거렸다.
아버지 좀 보세요. 어떤 약도 듣지 않았잖아요. 아프시기 전에도
아무것도 해논 일이 없구. 어머니가 누이의 뺨을 쳤다. 약값을 줄일 순
없다. 누이가 깎던 감자가 툭 떨어졌다. 실패하시고 나서 아버지는 3년
동안 낚시질만 하셨어요. 그래도 아버지는 너희들을 건졌어. 이웃
농장에 가서 닭도 키우셨다. 땅도 한 뙈기 장만하셨댔었다. 작은누이가
마침내 울음을 터뜨렸다. 죽은 맨드라미처럼 빨간 내복이 스웨터
밖으로 나와 있었다. 그러나 그때 아버지는 채소 씨앗 대신 알약을
뿌리고 계셨던 거예요.

4

지나간 날들을 생각해보면 무엇 하겠느냐. 묵은밭에서 작년에

캐다 만 감자 몇 알 줍는 격이지. 그것도 대개는 썩어 있단다. 아버지
삽질을 멈추고 채마밭 속에 발목을 묻은 채 짧은 담배를 태셨다.
올해는 무얼 심으시겠어요? 뿌리가 질기고 열매를 먹을 수 있는
것이면 무엇이든지 심을 작정이다. 하늘에는 벌써 튀밥 같은 별들이
떴다. 어머니가 그만 씻으시래요. 다음 날 무엇을 보여주려고
나팔꽃들은 저렇게 오므라들어 잠을 잘까. 아버지는 흙 속에서 천천히
걸어 나오셨다. 봐라. 나는 이렇게 쉽게 뽑혀지는구나. 그러나, 아버지
더 좋은 땅에 당신을 옮겨 심으시려고.

5

선생님. 가정방문은 가지 마세요. 저희 집은 너무 멀어요. 그래도
너는 반장인데. 집에는 아무도 없고요. 아버지 혼자, 낮에는요. 방과 후
긴 방죽을 따라 걸어오면서 나는 몇 번이나 책가방 속의 월말고사
상장을 생각했다. 둑방에는 패랭이꽃이 무수히 피어 있었다. 모두 다
꽃씨들을 갖고 있다니. 작은 씨앗들이 어떻게 큰 꽃이 될까. 나는
풀밭에 꽂혀서 잠을 잤다. 그날 밤 늦게 작은누이가 돌아왔다. 아버진
좀 어떠시니. 누이의 몸에서 석유 냄새가 났다. 글쎄, 자전거도 타지
않구 책가방을 든 채 백 장을 돌리겠다는 말이냐? 창문을 열자 어둠
속에서 바람에 불려 몇 그루 미루나무가 거대한 빵처럼 부풀어 오르는
게 보였다. 그리고 나는 그날, 상장을 접어 개천에 종이배로 띄운 일을
누구에게도 말하지 않았다.

6

그해 겨울은 눈이 많이 내렸다. 아버지, 여전히 말씀도 못 하시고
굳은 혀. 어느만큼 눈이 녹아야 흐르실는지. 털실 뭉치를 감으며
어머니가 말했다. 봄이 오면 아버지도 나으신다. 언제가 봄이에요.

우리가 모두 낫는 날이 봄이에요? 그러나 썰매를 타다 보면 빙판
밑으로는 푸른 물이 흐르는 게 보였다. 얼음장 위에서도 종이가 다 탈
때까지 네모반듯한 불들은 꺼지지 않았다. 아주 추운 밤이면 나는
이불 속에서 해바라기 씨앗처럼 동그랗게 잠을 잤다. 어머니 아주 큰
꽃을 보여드릴까요? 열매를 위해서 이파리 몇 개쯤은 스스로
부숴뜨리는 법을 배웠어요. 아버지의 꽃모종을요. 보세요 어머니. 제일
긴 밤 뒤에 비로소 찾아오는 우리들의 환한 가계(家系)를. 봐요
용수철처럼 튀어 오르는 저 동지(冬至)의 불빛 불빛 불빛.

집시의 시집

1

우리는 너무 어렸다. 그는 그해 가을 우리 마을에 잠시 머물다 떠난 떠돌이 사내였을 뿐이었다. 그러나 어른들도 그를 그냥 일꾼이라 불렀다.

2

그는 우리에게 자신의 손을 가리켜 신의 공장이라고 말했다. 그것을 움직이게 하는 것은 굶주림뿐이었다. 그러나 그는 항상 무엇엔가 굶주려 있었다. 그는 무엇이든지 만들었다. 그는 마법사였다. 어떤 아이는 실제로 그가 토마토를 가지고 둥근 금을 만드는 것을 보았다고 말했다. 그가 어디에서 흘러들어왔는지 어른들도 몰랐다. 우리는 그가 트럭의 고장 고등어의 고장 아니, 포도의 고장에서 왔을 거라고 서로 심하게 다툰 적도 있었다. 그는 모든 것을 알고 있었다. 저녁때마다 그는 농장의 검은 목책에 기대앉아 이상한 노래들을 불렀다.

모든 풍요의 아버지인 구름
모든 질서의 아버지인 햇빛
숲에서 날 찾으려거든 장화를 벗어주어요
나는 나무들의 가신(家臣), 짐승들의 다정한 맏형

그의 말은 누구도 이해할 수 없었다. 어른들은 우리들에게 호통을
쳤다. 그는 우리의 튼튼한 발을 칭찬했다. 어른들은 참된 즐거움을
두려워하기 때문이란다. 그들은 세상을 자물통으로 만들고 싶어 한다.
그러나 세상은 신기한 폭탄, 꿈꾸는 부족(部族)에겐 발견의 도화선.
우리는 그를 믿었다. 어느 날은 비에 젖은 빵, 어떤 날은 작은 홍당무를
먹으며 그는 부드럽게 노래 불렀다. 우리는 그때마다 놀라움에 떨며
그를 읽었다.

　　나는 즐거운 노동자, 항상 조용히 취해 있네
　　술집에서 나를 만나려거든 신성한 저녁에 오게
　　가장 더러운 옷을 입은 사내를 찾아주오
　　사냥해 온 별
　　모든 사물들의 도장(圖章)
　　모든 정신들의 장식
　　랄라라, 기쁨들이여!
　　과오들이여! 겸손한 친화력이여!

추수가 끝나고 여름 옷차림 그대로 그는 읍내 쪽으로 흘러갔다.
어른들은 안심했다. 그러나 우리는 벌써 병정놀이들에 흥미를 잃고
있었다. 코밑에 수염이 돋기 시작한 아이도 있었다. 이상하게도 우리는
한동안 그 사내에 대해 한마디도 말하지 않았다. 오랜 뒤에 누군가
그에 관한 이야기를 꺼냈을 때 우리는 이미 그의 얼굴조차 기억하기
힘들었다. 상급반에 진학하면서 우리는 혈통과 교육에 대해 배웠다.
오래지 않아

3

우리는 완전히 그를 잊었다. 그는 그해 가을 우리 마을에 잠시 머물다 떠난 떠돌이 사내였을 뿐이었다. 어쩌면 그는 우리가 꾸며낸 이야기였을지도 몰랐다. 그러나 나는 저녁마다 연필을 깎다가 잠드는 버릇을 지금까지 버리지 못했다.

나리 나리 개나리

누이여
또다시 은비늘 더미를 일으켜 세우며
시간이 빠르게 이동하였다
어느 날의 잔잔한 어둠이
이파리 하나 피우지 못한 너의 생애를
소리 없이 꺾어 갔던 그 투명한
기억을 향하여 봄이 왔다

살아 있는 나는 세월을 모른다
네가 가져간 시간과 버리고 간
시간들의 얽힌 영토 속에서
한 뼘의 폭풍도 없이 나는 고요했다
다만 햇덩이 이글거리는 벌판을
맨발로 산보할 때
어김없이 시간은 솟구치며 떨어져
이슬 턴 풀잎새로 엉겅퀴 바늘을
살라주었다

봄은 살아 있지 않은 것은 묻지 않는다
떠다니는 내 기억의 얼음장마다
부르지 않아도 뜨거운 안개가 쌓일 뿐이다
잠글 수 없는 것이 어디 시간뿐이랴

아아, 하나의 작은 죽음이 얼마나 큰 죽음들을 거느리는가
나리 나리 개나리
네가 두드릴 곳 하나 없는 거리
봄은 또다시 접혔던 꽃술을 펴고
찬물로 눈을 헹구며 유령처럼 나는 꽃을 꺾는다

바람의 집—겨울 판화 1

　내 유년 시절 바람이 문풍지를 더듬던 동지의 밤이면 어머니는 내 머리를 당신 무릎에 뉘고 무딘 칼끝으로 시퍼런 무를 깎아주시곤 하였다. 어머니 무서워요 저 울음소리, 어머니조차 무서워요. 애야, 그것은 네 속에서 울리는 소리란다. 네가 크면 너는 이 겨울을 그리워하기 위해 더 큰 소리로 울어야 한다. 자정 지나 앞마당에 은빛 금속처럼 서리가 깔릴 때까지 어머니는 마른 손으로 종잇장 같은 내 배를 자꾸만 쓸어내렸다. 처마 밑 시래기 한 줌 부스러짐으로 천천히 등을 돌리던 바람의 한숨. 사위어가는 호롱불 주위로 방 안 가득 풀풀 수십 장 입김이 날리던 밤, 그 작은 소년과 어머니는 지금 어디서 무엇을 할까?

삼촌의 죽음—겨울 판화 4

그해엔 왜 그토록 엄청난 눈이 나리었는지. 그 겨울이 다 갈 무렵 수은주 밑으로 새파랗게 곤두박질치며 우르르 몰려가던 폭설. 그때까지 나는 사람이 왜 없어지는지 또한 왜 돌아오지 않는지 알지 못하였다. 한낮의 눈보라는 자꾸만 가난 주위로 뭉쳤지만 밤이면 공중 여기저기에 빛나는 얼음 조각들이 박혀 있었다. 어른들은 입을 벌리고 잠을 잤다. 아이들은 있는 힘 다해 높은음자리로 뛰어 올라가고 그날 밤 삼촌의 마른기침은 가장 낮은 음계로 가라앉아 다시는 악보 위로 떠오르지 않았다. 그리고 나는 그 밤을 하얗게 새우며 생철 실로폰을 두드리던 기억을 지금도 잊지 못한다.

성탄목—겨울 판화 3

크리스마스트리는 아름답다
그것뿐이다

오늘은 왜 자꾸만 기침이 날까
내 몸은 얼음으로 꽉 찬 모양이야
방 안이 너무 어두워
한 달 내내 숲에 눈이 퍼부었던
저 달력은 어찌나 참을성이 많았던지
바로 뒤의 바람벽을 자꾸 잊곤 했어
성냥불을 긋지 않으려 했는데
정말이야, 난 참으려 애썼어
어느새 작은 크리스마스트리가 되었네
그래, 고향에 가고 싶어
지금보다 훨씬 더 어렸지만
사과나무는 나를 사로잡았어
그 옆에 은박지 같은 예배당이 있었지
틀린 기억이어도 좋아
멀고 먼 길 한가운데
알아? 얼음 가루 꽉 찬 바다야
이 작은 성냥불이 어떻게 견딜 수 있겠어
어머니는 나보고
소다 가루를 좀 먹으라셔

어디선가 퉁퉁 기타 소리가 들려
방금 문을 연 촛불 가게에 사람들이 몰려 있어
참, 그런데
오늘은 왜 아까부터

너무 큰 등받이의자—겨울 판화 7

너무 큰 등받이의자 깊숙이 오후, 가늘은 고드름 한 개 앉혀놓고 조그만 모빌처럼 흔들거리며, 아버지 또 어디로 도망치셨는지. 책상 위에 조용히 누워 눈 뜨고 있는 커다란 물그림 가득 찬란한 햇빛의 손. 그 속의 나는 모든 것이 커 보이던 나이였다. 수수밥같이 침침한 마루 얇게 접히며, 학자풍 오후 나란히 짧은 세모잠. 가난한 아버지, 왜 항상 물그림만 그리셨을까? 낡은 커튼을 열면 양철 추녀 밑 저벅저벅 걸어오다 불현듯 멎는 눈의 발, 수염투성이 투명한 사십. 가난한 아버지, 왜 항상 물그림만 그리셨을까? 그림 밖으로 나올 때마다 나는 물 묻은 손을 들어 눈부신 겨울 햇살을 차마 만지지 못하였다. 창문 밑에는 발자국 하나 없고 나뭇가지는 손이 베일 듯 사나운 은빛이었다.

아버지, 불쌍한 내 장난감
내가 그린, 물그림 아버지

IV

병

내 얼굴이 한 폭 낯선 풍경화로 보이기
시작한 이후, 나는 주어를 잃고 헤매이는
가지 잘린 늙은 나무가 되었다.

가끔씩 숨이 턱턱 막히는 어둠에 체해
반 토막 영혼을 뒤틀어 눈을 뜨면
잔인하게 죽어간 붉은 세월이 곱게 접혀 있는
단단한 몸통 위에,
사람아, 사람아 단풍 든다.
아아, 노랗게 단풍 든다.

나무공

가까이 가보니
소년은 작은 나무공을 들고
서 있다. 두 명의 취한 노동자들, 큰 소리로 노래 부르며 비틀비틀
    이봐, 죽지 않는 것은 오직
    죽어 있는 것뿐, 이젠 자네 소원대로 되었네
지나가는 것을 바라보고 있다.
주위의 공기가 약간 흔들린다.
    훨씬 독한 술이 있었더라면
    좀더 슬펐을 텐데, 오오, 그에 관한 한 한 치의 변화도 용서
못 해

소년이 내게 묻는다.
공원은 어두운 대기 속으로 조금씩 몸을 숨긴다.
    그 사내는 무엇을
    슬퍼하는 것일까요, 오래 앓던 가족 때문일까요
    나의 이 작은 나무공
    밖은 너무 어두워, 둥근 것은 참 단순하죠

나는 입을 열 수 없다.
말이 되는 순간, 어떠한 대답도 또 다른 질문이 된다.
네가 내 눈빛을 이해할 수 있었으면.
차라리 저녁에 너를 만난 것을 감사하자.

어느 교회의 검고 은은한 종소리
행인들 호주머니 속의 명랑한 동전 소리
모든 젖은 정신을 꾸짖는
건조한 저녁에 대해 감사하자, 소년이여
저 초라한 가등(街燈)들을 바라보라.
사람들은 무엇이든지, 대낮까지도 고정시키려 덤빈다, 그러나
변화하지 않는 것은 변화뿐이지.
　　　나의 꿈은 위대한 율사(律士), 모든 판례에 따라
　　　이 세상을 재고 싶어요, 나는 매일같이 일기를 쓰죠
　　　내가 아저씨만 한 나이라면 이미 나는 법칙의 사제(司祭)
　　　움직이면 안 돼, 나는 딱딱한 과자를 좋아해
　　　이건 나무

소년은 공을 튕겨본다. 나무공은 가볍게
튀어 오른다, 엄청나게 커지는 눈, 이건 뜻밖이야
그러나 소년이 놀라는 순간
나무공은 애야, 벌써 얌전한 고양이처럼
　　　한번 놀란 것에 더 이상 놀라면 안 돼
　　　그건 이미 나무공이 아니니까

그 취한 사내들은 어디로 갔을까, 고개를 갸우뚱하던
소년도 재빨리 사라진다. 아저씨는
쓸모없는 구름 같아요, 공원은 이미 완전한 어둠
한 개 둥근 잎 부스럭거리는 소리가
서로 다른, 수백 개 율동의 가능성으로 들려오는
이곳. 견고하게 솟아오르는, 소년이 버린 저
나무공.

사강리(沙江里)

아무도 가려 하지 않았다.
아무도 간 사람이 없었다.

처음엔 바람이 비탈길을 깎아 흙먼지를 풀풀 날리었다.
하늘을 깎고 어둠을 깎고 눈[雪]의 살을 깎는 소리가 떨어졌다.
산도 숲속에 숨어 있었다.
얼음도 깎인 벼의 밑동을 붙잡고 놓지 않았다.
매 한 마리가 산까치를 움켜잡고 하늘 깊숙이 파묻혔다.
얼음장 위로 얼굴을 내밀었던 은빛 햇살도 사라졌다.
묘지에 서로 모여 갈대가 울었다. 그 속으로 눈발이 힘없이
쓰러졌다.
어둠이 하얗게 질린 얼굴로 사위어 있었다.
뒤엉켜 죽은 망초꽃들이 휘익휘익 공중에서 말하고 지나갔다.
'그것 봐' '그것 봐'
황토빛 자갈이 주르르 넘어졌다. 구르고 지난 자리마다 사정없이
눈[雪]이 꽂혔다.

폐광촌

쉽사리 물러설 수는 없었다.
그곳에는 아직도 지켜야 할 것이 있음을
우리는 젖은 이마 몇 개 불빛으로 분별하였다.
밤은 기나긴 정적의 숲으로 우리를 속이려 들었지만
탐조등으로 빗발을 쑤시면
언제든지 두서너 개 은칼을 찾아낼 수 있었다.
그 후에 빗물을 털어버린 시간이
허기의 바람을 펄럭이며 다가오고
우리는 낄낄거리며
쉽사리 틈을 보이지 않는 어둠의 잔등에
시뻘건 불의 구멍을 뚫곤 하였다.

누군가 불타는 머리 끝에서 물방울 몇 알을 훅훅 털며
낮은 소리로 군가를 불렀다. 후렴처럼
누군가 불더미에 무연탄 한 삽을 끼얹었고
녹슬은 기적 몇 마디를 부러뜨렸다.
우리들 이미 가득
불길은 무수한 암호를 날리었으나
우리는 누구도 눈을 뜨지 않았다.
번들거리는 무개화차 그림자 속을 일렁이며
아아, 고인 채 부릅뜬 몇 개 물의 눈들이
빛나며 또 사라져갔다.

우리도 한때는 아름다운 불씨였다.
적막이 어둠보다 더욱 짙은 공포임을
흰 뼈만 남은 역사(驛舍)까지도 알고 있었다.
깊은 잠 한가운데 폭풍이 일어 우리가 식은땀을 꺼낼 때마다
어둠의 깃 한쪽을 허물고
예리하게 잘린 철로의 허리가 하얗게 일어섰다. 그럴 때면
밤의 절벽에 이마를 깨뜨리면서
우리는 지게의 멜빵을 달았다. 애초부터
우리에게 화덕이 없었던 것은 아니었다.
화강암 같은 시간의 호각 소리가 우리를 재촉하고
새벽은 화차 속의 쓸쓸한 파도를 한 삽씩 퍼올렸다.
땅속 깊이 불을 저장하고 우리는 일어섰다.
날음식처럼 축축한 톱밥이 우리를 쳐다보았다.
곧이어 바람으로 불려 갈 석탄에 삽날을 꽂으며 이제는
각자의 생을 퍼 담아야 할 차례였다.
탐조등을 들고 일어서면 끓어오르는
피에 놀라 우리는
가만히 서로의 이마를 바라보았다. 욕망은
우리를 지치도록 내버려두지 않는다!
역사를 걸어 나올 때
무개화차 위에서 타는 불꽃을
잠 깬 등 뒤로 얼핏 우리는 빼앗았다.
아아, 그곳에는
아직도 남겨져야 할 것이 있었다.
폐광촌 역사에는
아직도 쿵쿵 타올라야 할 것이 있었다.

비가 2—붉은 달

1

그대, 아직 내게
무슨 헤어질 여력이 남아 있어 붙들겠는가.
그대여, X자로 단단히 구두끈을 조이는 양복
소매끈에서 무수한 달의 지느러미가 떨어진다.
떠날 사람은 떠난 사람. 그대는 천국으로 떠난다고
장기 두는 식으로 용감히 떠난다고
짧게 말하였다. 하늘나라의 달.

2

너는 이내 돌아서고 나는 미리 준비해둔 깔깔한 슬픔을 껴입고
    돌아왔다. 우리 사이 협곡에 꽂힌 수천의 기억의 돛대, 어느
하나에도
    걸리지 못하고 사상은 남루한 옷으로 지천을 떠돌고 있다.
아아 난간마다 안개
    휘파람의 섬세한 혀만 가볍게 말리우는 거리는
    너무도 쉽게 어두워진다. 나의 추상이나 힘겨운 감상의 망토
속에서
    폭풍주의보는 삐라처럼 날리고 어디선가 툭툭 매듭이 풀리는
    소리가 들렸다. 어차피 내가 떠나기 전에 이미 나는 혼자였다.

그런데

너는 왜 천국이라고 말하였는지. 네가 떠나는 내부의 유배지는
언제나 푸르고 깊었다. 불더미 속에서 무겁게 터지는 공명의 방
그리하여 도시, 불빛의 사이렌에 썰물처럼 골목을 우회하면
고무줄처럼 먼저 튕겨 나와 도망치는 그림자를 보면서도 나는
두려움으로 몸을 떨었다.
떨리는 것은 잠과 타종 사이에서 비틀거리는 내 유약한 의식이다.
책갈피 속에서 비명을 지르는 우리들 창백한 유년, 식물채집의
꿈이다.
여름은 누구에게나 무더웠다.

3

잘 가거라, 언제나 마른 손으로 악수를 청하던 그대여
밤새워 호루라기 부는 세상 어느 위치에선가 용감한 꿈 꾸며
살아 있을
그대. 잘 가거라 약 기운으로 붉게 얇은 등을 축축이 적시던 헝겊
같은
달빛이여. 초침 부러진 어느 젊은 여름밤이여.
가끔은 시간을 앞질러 골목을 비어져 나오면 아,
온통 체온계를 입에 물고 가는 숱한 사람들 어디로 가죠? (꿈을
생포하러)
예? 누가요 (꿈 따위는 없어) 모두 어디로, 천국으로

세상은 온통 크레졸 냄새로 자리 잡는다. 누가 떠나든 죽든
우리는 모두가 위대한 혼자였다. 살아 있으라, 누구든 살아
있으라.

턱턱, 짧은 숨 쉬며 내부의 아득한 시간의 숨 신뢰하면서
　천국을 믿으면서 혹은 의심하면서 도시, 그 변증의 여름을
벗어나면서.

폭풍의 언덕

이튿날이 되어도 아버지는 돌아오지 않았다. 아버지는 간유리 같은 밤을 지났다.

그날 우리들의 언덕에는 몇백 개 칼자국을 그으며 미친 바람이 불었다. 구부러진 핀처럼 웃으며 누이는 긴 팽이 모자를 쓰고 언덕을 넘어갔다. 어디에서 바람은 불어오는 걸까? 어머니 왜 나는 왼손잡이여요. 부엌은 거대한 한 개 스푼이다. 하루종일 나는 문지방 위에 앉아서 지붕 위에서 가파른 예각으로 울고 있는 유지 소리를 구깃구깃 삼켜 넣었다. 어머니가 말했다. 너는 아버지가 끊어뜨린 한 가닥 실정맥이야. 조용히 골동품 속으로 낙하하는 폭풍의 하오. 나는 빨랫줄에서 힘없이 떨어지는 아버지의 러닝셔츠가 흙투성이가 되어 어디만큼 날아가는가를 두 눈 부릅뜨고 헤아려보았다. 공중에서 휙휙 솟구치는 수천 개 주삿바늘. 그러고 나서 저녁 무렵 땅거미 한 겹의 무게를 데리고 누이는 포플린 치마 가득 삘기의 푸른 즙액을 물들인 채 절룩거리며 돌아오는 것이다.

아으, 칼국수처럼 풀어지는 어둠! 암흑 속에서 하얗게 드러나는 집. 이 불끈거리는 예감은 무엇일까. 나는 헝겊 같은 배를 접으며 이 악물고 언덕에 섰다. 그리하여 풀더미의 칼집 속에 하체를 담그고 자정 가까이 걸어갔을 때 나는 성냥개비 같은 내 오른팔 끝에서 은빛으로 빛나는 무서운 섬광을 보았다. 바람이여, 언덕 가득 이 수천 장 손수건을 찢어 날리는 광포한 바람이여. 이제야 나는 어디에서 네가 불어오는지 알 것 같다. 오, 그리하여 수염투성이의 바람에 피투성이가 되어 내려오는 언덕에서 보았던 나의 어머니가 왜 그토록 가늘은 유리막대처럼 위태로운 모습이었는지를.

　　다음 날이 되어도 아버지는 돌아오지 않았다. 그리고 그날 이후 나는 폭풍의 밤마다 언덕에 오르는 일을 그만두었다. 무수한 변증의 비명을 지르는 풀잎을 사납게 베어 넘어뜨리며 이제는 내가 떠날 차례였다.

도시의 눈—겨울 판화 2

도시에 전쟁처럼 눈이 내린다. 사람들은 여기저기 가로등 아래
모여서 눈을 털고 있다. 나는 어디로 가서 내 나이를 털어야 할까?
지나간 봄 화창한 기억의 꽃밭 가득 아직도 무꽃이 흔들리고 있을까?
사방으로 인적 끊어진 꽃밭, 새끼줄 따라 뛰어가며 썩은 꽃잎들끼리
모여 울고 있을까.

우리는 새벽 안개 속에 뜬 철교 위에 서 있다. 눈발은 수천 장 흰
손수건을 흔들며 하구로 뛰어가고 너는 말했다. 물이 보여. 얼음장
밑으로 수상한 푸른빛. 손바닥으로 얼굴을 가리면 은빛으로 반짝이며
떨어지는 그대 소중한 웃음. 안개 속으로 물빛이 되어 새 떼가
녹아드는 게 보여? 우리가.

쥐불놀이—겨울 판화 5

어른이 돌려도 됩니까?
돌려도 됩니까 어른이?

사랑을 목발질 하며
나는 살아왔구나
대보름의 달이여
올해에는 정말 멋진 연애를 해야겠습니다
모두가 불 속에 숨어 있는걸요?
돌리세요, 나뭇가지
사이에 숨은 꿩을 위해
돌리세요, 술래
는 잠을 자고 있어요
헛간 마른 짚 속에서
대보름의 달이여
온 동네를 뒤지고도 또
어디까지?

아저씨는 불이 무섭지 않으셔요?

램프와 빵—겨울 판화 6

고맙습니다.
겨울은 언제나 저희들을
겸손하게 만들어주십니다.

종이달

1

과거는 끝났다.
송곳으로 서류를 뚫으며 그는
블라인드를 내리고 있는 김(金)을 본다.
자네가 무엇을 생각하는지 모르겠어.
수백 개 명함들을 읽으며
일일이 얼굴들을 기억할 순 없지.
또한 우리는 미혼이니까, 오늘도
분명한 일은 없었으니까
아직은 쓸모 있겠지. 몇 장 얄팍한 믿음으로
남아 있는 하루치의 욕망을 철(綴)하면서.

2

그들이 무어라고 말하겠는가.
한두 시간 차이 났을 뿐. 내가 아는 것을
그들이 믿지 않을 뿐.
나에게도 중대한 사건은 아니었어.
큐대에 흰 가루를 바르면서
김은 정확하게 시간의 각을 재어본다.
각자의 소유만큼씩 가늠해보는 가치의 면적.

물론 새로운 것은 아니지.
잠시 잊고 있었을 뿐. 좀 복잡한 타산이니까.
똑바로 말한 적이 자네는
한 번도 없어. 감정이 있는 사람이라면
그럴 수도 있지. 와이셔츠 단추 한 개를 풀면서
날 선 칼라가 힘없이 늘어질 때까지
어쨌든 우리는 살아온 것이니.
오늘의 뉴스는 이미 상식으로 챙겨 들고.

3

믿어주게.
나도 몇 개의 동작을 배웠지.
변화 중에서도 튕겨져 나가지 않으려고
고무풀처럼 욕망을 단순화하고
그렇게 하나의 과정이 되어갔었네. 그는
층계 밑에 서서 가스라이터 불빛 끝에 손목을 매달고
무엇인가 찾는 김을 본다. 무엇을 잃어버렸나.
잃어버린 것은 찾지 않네. 그럴 만큼 시간은 여유가 없어.
잃어버려야 할 것들을 점검 중이지. 그럴 만큼의 시간만 있으니까
아무리 조그만 나프탈렌처럼 조직의 서랍 속에 숨어 있어도
언제나 나는 자네를 믿어왔네. 믿어주게.
로터리를 회전하면서 그것도 길의 중간에서
날씨야 어떻든 상관없으니까.

4

사람들은 조금씩 빨라진다.

속도가 두려움을 만날 때까지. 그러나
의사의 기술처럼 간단히 필라멘트는
가열되고 기계적으로 느슨히
되살아나는 습관에 취할 때까지 적어도
복잡한 반성 따위는 알코올 탓이거니 아마
시간이 승부의 문제였던 때는 지났겠지.
신중한 수술이 아니어도 흰색 가운을 입듯이
누구나 평범한 초침으로 손을 닦는 나이임을
우리는 너무 잘 알고 있으니까.
알아들을 수 없는 말만 하여주게. 휴식에 도움이 될 수 있다면
아주 사무적인 착상이군. 여기와 지금이 별개이듯이
내가 집착한 것은 단순한 것이었어. 그래서
더욱 붙어 있어야 함을 알아두게. 일이 끝나면
굳게 뚜껑을 닫는 만년필처럼.

5

소리 나는 것만이 아름다울 테지.
소리만이 새로운 것이니까 쉽게 죽으니까.
소리만이 변화를 신고 다니니까.
그러나 무엇을 예약할 것인가. 방이 모두
차 있거나 모두 비어 있는데. 무관심만이
우리를 쉬게 한다면 더 이상 기억할 필요는
없어진다. 과거는 끝났다. 즐거움도
버릇 같은 것. 넥타이를 고쳐 매면서 거울 속의 키를
확인하고 안심하듯이 우리는 미혼이니까.
속성으로 떠오르는 달을 보면서 휘파람 불며
각자의 가치는 포켓 속에서 짤랑거리며

똑바로 말한 적이 자네는
한 번도 없어. 제발
그만두게. 자네를 위해서
내가 줄 수 있는 것은 다 토해냈네. 또한
무엇이든 분명한 일이 없었고
아직도 오늘은 조금 남아 있으니까. 그럼.
굿바이.

소리 1

아주 작았지만 무슨 소리가 들린 듯도 하여 내가 무심코 커튼을
걷었을 때, 맞은편 3층 건물의 어느 창문이 열리고 하얀 손목이 하나
튀어나와 시들은 푸른 꽃 서너 송이를 거리로 집어 던지는 것이
보였다. 이파리들은 잠시 공중에 떠 있으나 볼까 하는 듯
나풀거리다가 제각기 다른 속도로 아래를 향해 천천히 떨어져 내렸다.
나는 테이블로 돌아와 묵은 신문들을 뒤적였다. 그가 조금 전까지 서
있던 자리에는 무엇인지 알 수 없는 희미한 빛깔이 조금 고여 있었다.
스위치를 내릴까 하고 팔목시계를 보았을 때 바늘은 이미 멈춰
있었다. 나는 헛일 삼아 바늘을 하루만큼 뒤로 돌렸다. '어디로
가시렵니까' 내가 대답을 들을 필요조차 없다는 듯한 말투로 물었을 때
그는 소란하게 웃었다. '그냥 거리로요' 출입구 쪽 계단에서 무엇인가
떨어지는 소리가 들려왔다. 테이블 위에, 명함꽂이, 만년필, 재떨이 등
모든 형체를 갖춘 것들마다 제각기 엷은 그늘이 바싹 붙어 있는 게
보였고 무심결 나는 의자 뒤로 고개를 꺾었다. 아주 작았지만
이번에도 나는 그 소리를 들었다. 다시 창가로 다가갔을 때 늘상
보아왔던 차갑고 축축한 바람이 거리의 아주 작은 빈 곳까지 들추며
지나갔다. '빈틈이 없는 사물들이 어디 있을려구요' 맞은편 옆 건물 2층
창문 밖으로 길게 삐져나온 더러운 분홍빛 커튼이 아무도 보아주지
않아 섭섭하다는 듯 부드럽게 움직이고 있었다. '내버려두세요. 뭐든시
시작하고 있다는 것은 아름답지 않습니까?' 그는 깜빡 잊었다는 듯이
캐비닛 속에서 장갑을 꺼내면서 덧붙였다. '아니, 그냥 움직이고 있는
것일지라두 말이죠.' 먹다 버린 굳은 빵 쪼가리가 엄숙한 표정으로 할

수 없지 않느냐는 듯 나를 조용히 바라보았다. 어둠과 거리는 늘상 보던 것이었다. 나는 천천히 일어나 천장에 대고 조그맣게 말했다. '나는 압핀처럼 꽂혀 있답니다' 그가 조금 전까지 서 있던 자리에는 무엇인지 알 수 없는 희미한 빛깔이 조금 고여 있었다. '아무도 없을 때는 발소리만 유난히 크게 들리는 법이죠' 스위치를 내릴 때 무슨 소리가 들렸다. 내 가슴 알 수 없는 곳에서 무엇인가 툭 끊어지는 소리가 들렸다. 아주 익숙한 그 소리는 분명히 내게 들렸다.

소리의 뼈

김 교수님이 새로운 학설을 발표했다
소리에도 뼈가 있다는 것이다
모두 그 말을 웃어넘겼다, 몇몇 학자들은
잠시 즐거운 시간을 제공한 김 교수의 유머에 감사했다
학장의 강력한 경고에도 불구하고
교수님은 일 학기 강의를 개설했다
호기심 많은 학생들이 장난삼아 신청했다
한 학기 내내 그는
모든 수업 시간마다 침묵하는
무서운 고집을 보여주었다
참지 못한 학생들이, 소리의 뼈란 무엇일까
각자 일가견을 피력했다
이 군은 그것이 침묵일 거라고 말했다.
박 군은 그것을 숨은 의미라 보았다
또 누군가는 그것의 개념은 중요하지 않다고 했다.
모든 고정관념에 대한 비판에 접근하기 위하여 채택된
방법론적 비유라는 것이었다
그의 견해는 너무 난해하여 곧 묵살되었다
그러나 어쨌든
그다음 학기부터 우리들의 귀는
모든 소리들을 훨씬 더 잘 듣게 되었다.

우리 동네 목사님

읍내에서 그를 본 것은 이번이 처음이었다
철공소 앞에서 자전거를 세우고 그는
양철 홈통을 반듯하게 펴는 대장장이의
망치질을 조용히 보고 있었다
자전거 짐틀 위에는 두껍고 딱딱해 보이는
성경책만 한 송판들이 실려 있었다
교인들은 교회당 꽃밭을 마구 밟고 다녔다, 일주일 전에
목사님은 폐렴으로 둘째 아이를 잃었다, 장마 통에
교인들은 반으로 줄었다, 더구나 그는
큰 소리로 기도하거나 손뼉을 치며
찬송하는 법도 없어
교인들은 주일마다 쑤군거렸다, 학생회 소년들과
목사관 뒤터에 푸성귀를 심다가
저녁 예배에 늦은 적도 있었다
성경이 아니라 생활에 밑줄을 그어야 한다는
그의 말은 집사들 사이에서
맹렬한 분노를 자아냈다, 폐렴으로 아이를 잃자
마을 전체가 은밀히 눈빛을 주고받으며
고개를 끄덕였다, 다음 주에 그는 우리 마을을 떠나야 한다
어두운 천막교회 천장에 늘어진 작은 전구처럼
하늘에는 어느덧 하나둘 맑은 별들이 켜지고
대장장이도 주섬주섬 공구를 챙겨 들었다

한참 동안 무엇인가 생각하던 목사님은 그제서야
동네를 향해 천천히 페달을 밟았다, 저녁 공기 속에서
그의 친숙한 얼굴은 어딘지 조금 쓸쓸해 보였다

봄날은 간다

햇빛은 분가루처럼 흩날리고
쉽사리 키가 변하는 그림자들은
한 장 열풍(熱風)에 말려 둥글게 휘어지는구나
아무 때나 손을 흔드는
미루나무 얇은 그늘 속을 첨벙이며
2시착 시외버스도 떠난 지 오래인데
아까부터 서울집 툇마루에 앉은 여자
외상값처럼 밀려드는 대낮
신작로 위에는 흙먼지, 더러운 비닐들
빈 들판에 꽂혀 있는 저 희미한 연기들은
어느 쓸쓸한 풀잎의 자손들일까
밤마다 숱한 나무젓가락들은 두 쪽으로 갈라지고
사내들은 화투 패마냥 모여들어 또 그렇게
어디론가 뿔뿔이 흩어져간다
여자가 속옷을 헹구는 시냇가엔
하룻밤새 없어져버린 풀꽃들
다시 흘러들어온 것들의 인사
흐린 알전구 아래 엉망으로 취한 군인은
몇 해 전 누이 얼굴을 알아보지 못하고, 여자는
자신의 생을 계산하지 못한다
몇 번인가 아이를 지울 때 그랬듯이
습관적으로 주르르 눈물을 흘릴 뿐

끌어안은 무릎 사이에서
추억은 내용물 없이 떠오르고
소읍은 무서우리만치 고요하다, 누구일까
세숫대야 속에 삶은 달걀처럼 잠긴 얼굴은
봄날이 가면 그뿐
숙취는 몇 장 지전(紙錢) 속에서 구겨지는데
몇 개의 언덕을 넘어야 저 흙먼지들은
굳은 땅속으로 하나둘 섞여들는지

나의 플래시 속으로 들어온 개

그날
너무 캄캄한 길모퉁이를 돌아서다가
익숙한 장애물을 찾고 있던
나의 감각이, 딱딱한 소스라침 속에서
최초로 만난 사상(事象), 불현듯
존재의 비밀을 알아버린
그날, 나의 플래시 속으로 갑자기, 흰

엄마 걱정

열무 삼십 단을 이고
시장에 간 우리 엄마
안 오시네, 해는 시든 지 오래
나는 찬밥처럼 방에 담겨
아무리 천천히 숙제를 해도
엄마 안 오시네, 배춧잎 같은 발소리 타박타박
안 들리네, 어둡고 무서워
금 간 창틈으로 고요히 빗소리
빈방에 혼자 엎드려 훌쩍거리던

아주 먼 옛날
지금도 내 눈시울을 뜨겁게 하는
그 시절, 내 유년의 윗목

V

달밤

누나는 조그맣게 울었다.
그리고, 꽃씨를 뿌리면서 시집갔다.

봄이 가고.
우리는, 새벽마다 아스팔트 위에 도우도우새들이 쭈그려 앉아
채송화를 싹뚝싹뚝 뜯어 먹는 것을 보고 울었다.
맨홀 뚜껑은 항상 열려 있었지만
새들은 엇갈려 짚는 다리를
한 번도 빠뜨리지 않았다.

여름이 가고.
바람은, 먼 남국 나라까지 차가운 머리카락을 갈기갈기 풀어
날렸다.
이쁜 달이 노랗게 곪은 저녁,
리어카를 끌고 신작로를 걸어오시던 어머니의 그림자는
달빛을 받아 긴 띠를 발목에 매고, 그날 밤 내내
몹시 허리를 앓았다.

겨울·눈·나무·숲

눈[雪]은
숲을 다 빠져나가지 못하고
여기저기 쌓여 있다.

"자네인가,
서둘지 말아."
쿵, 그가 쓰러진다.
날카로운 날[刃]을 받으며.

나는 나무를 끌고
집으로 돌아온다.
홀로 잔가지를 치며
나무의 침묵을 듣는다.
"나는 여기 있다.
죽음이란
가면을 벗은 삶인 것.
우리도, 우리의 겨울도 그와 같은 것"

우리는
서로 닮은 아픔을 향하여
불을 지피었다.
창 너머 숲속의 밤은

더욱 깊은 고요를 위하여 몸을 뒤채인다.

내 청결한 죽음을 확인할 때까지
나는 부재할 것이다.
타오르는 그와 아름다운 거리를 두고
그래, 심장을 조금씩 덥혀가면서.

늦겨울 태어나는 아침은
가장 완벽한 자연을 만들기 위하여 오는 것.
그 후에
눈 녹아 흐르는 방향을 거슬러
우리의 봄은 다가오고 있는 것이다.

시인 2─첫날의 시인

바다를 향한 구름이 하나 살았다.
물새들이 가끔씩 그의 가슴을 뚫고 지나갔다.
혹은 그냥 모른 척 지나기도 하였다.
구름은 일천 일을 바다를 향해 살았다.
그사이에 뭍에서는 꽃이 피고 새가 울고 일천 명의 어부가
태어났다.
　　……
바람이 심하게 부는 어느 겨울날,
구름은 귀퉁이부터 조금씩 허물어져 눈이 되었다
일천 일을 내린 눈은 바다 가장 깊숙한 곳으로 가라앉아
일천 마리 고기 떼가 되었다.
일천 명의 어부는 그물을 던졌다.
꼬리와 지느러미는 그들이 먹고, 내장은 처자에게 주고
나머지는 버리었다.
바람이 심하게 부는 어느 겨울날,
어부들은 일천 해리 먼 바다에 나가 영영 돌아오지 않았다.
일천 일을 물귀신으로 헤매이다, 그들은 한 덩어리로
하늘에 올라가 구름이 되었다.
　　……
바다를 향한 구름이 하나 살았다.

어느, 바람이 심하게 부는 겨울날

한 어부가 그물에 걸리었다.

마을 사람들이 그의 그림자를 떼어 갔다.

눈[雪]은 바다를 메울 듯이 내리었다.

가을에 1

잎 진 빈 가지에
이제는 무엇이 매달려 있나.
밤이면 유령처럼
벌레 소리여.
네가 내 슬픔을 대신 울어줄까.
내 음성을 만들어줄까.
잠들지 못해 여윈 이 가슴엔
밤새 네 울음소리에 할퀴운 자국.
홀로된 아픔을 아는가.
우수수 떨어지는 노을에도 소스라쳐
멍든 가슴에서 주르르르
네 소리.
잎 진 빈 가지에
내가 매달려 울어볼까.
찬바람에 떨어지고
땅에 부딪혀 부서질지라도
내가 죽으면
내 이름을 위하여 빈 가지가 흔들리면
네 울음에 섞이어 긴 밤을 잠들 수 있을까.

허수아비—누가 빈 들을 지키는가

밤새 바람이 어지럽힌 벌판,
발톱까지 흰, 지난여름의 새가 죽어 있다.
새벽을 거슬러 한 사내가 걸어온다.
얼음 같은 살결을 거두는 손.
사내의 어깨에 은빛 서리가 쌓인다.

빈 들에 차가운 촛불이 켜진다.

잎·눈·바람 속에서

나무가 서 있다. 자라는 나무가 서 있다. 나무가 혼자 서 있다.
조용한 나무가 혼자 서 있다. 아니다. 잎을 달고 서 있다. 나무가
바람을 기다린다. 자유롭게 춤추기를 기다린다. 나무가 우수수 웃을
채비를 한다. 천천히 피부를 닦는다. 노래를 부른다.

나는 살아 있다. 해빙의 강과 얼음산 속을 오가며 살아 있다.

바람이 분다. 바람이 은빛 바늘 꽂으며 분다. 기쁨에 겨워 나무는
목이 멘다. 갈증으로 병든 잎을 떨군다. 기쁨에 겨워 와그르르 웃는다.
나무가 웃는다. 자유에 겨워 혼자 춤춘다. 폭포처럼 웃는다.
이파리들이 물고기처럼 꼬리 치며 떨어진다. 흰 배를 뒤집으며
헤엄친다. 바람이 빛깔 고운 웃음을 쓸어 간다. 청결한 겨울이 서 있다

겨울 숲 깊숙이 첫눈 뿌리며 하늘이 조용히 안심한다.

새벽이 오는 방법

밤에 깨어 있음.
방 안에 물이 얼어 있음.
손은 영하 1도.

　문을 열어도 어둠 속에서 바람이 불고 있다. 갈대들이 쓰러지는
강변에 서서 뼛속까지 흔들리며 강기슭을 바라본다. 물이 쩍쩍 울고
있다. 가로등에 매달려 다리[橋]가 울고 있다. 쓰러진 나무들이
어지러이 땅 위에서 흔들린다. 다리 가득 유리가 담겨 있다. 이 악물며
쓰러진다. 썩은 나무 등걸처럼 나는 쓰러진다. 바람이 살갗에 줄을
파고 지났다. 쿡쿡 가슴이 허물어지며 온몸에 푸른 노을이 떴다. 살이
갈라지더니 형체도 없이 부서진다. 얼음가루 사방에 떴다. 호이호이
갈대들이 소리친다. 다들 그래 모두모두— 대지와 아득한 거리에서
눈[雪]이 떨어진다. 내 눈물도 한 점 눈이 되었음을 나는 믿는다.
강 속으로 곤두박질하며 하얗게 엎드린다. 어이어이 갈대들이
소리쳤다. 우린 알고 있었어, 우린 알았어—
　끝없이 눈이 내렸다. 어둠이 눈발 사이에 숨기 시작한다. 도처에서
얼음가루 날리기 시작한다. 서로 비비며 서걱이며 잠자는 새벽을
천천히 깨우기 시작한다.

쓸쓸하고 장엄한 노래여

가라, 어느덧 황혼이다
살아 있음도 살아 있지 않음도 이제는 용서할 때
구름이여, 지우다 만 어느 창백한 생애여
서럽지 않구나 어차피 우린
잠시 늦게 타다 푸시시 꺼질
몇 점 노을이었다
이제는 남은 햇빛 두어 폭마저
밤의 굵은 타래에 참혹히 감겨들고
곧 어둠 뒤편에선 스산한 바람이 불어올 것이다
우리는 그리고 차가운 풀섶 위에
맑은 눈물 몇 잎을 뿌리면서 낙하하리라
그래도 바람은 불고 어둠 속에서
밤이슬 몇 알을 낚고 있는 흰 꽃들의 흔들림!
가라, 구름이여, 살아 있는 것들을 위해
이제는 어둠 속에서 빈 몸으로 일어서야 할 때
그 후에 별이 지고 세상에 새벽이 뜨면
아아, 쓸쓸하고 장엄한 노래여, 우리는
서로 등을 떠밀며 피어오르는 맑은 안개 더미 속에 있다.

388번 종점

구겨진 불빛을 펴며
막차는 떠났다.

적막으로 무성해진 가슴 한켠 공지(空地)에서
캄캄하게 울고 있는 몇 점 불씨
가만히
그 스위치를 끄고 있는 한 사내의 쓸쓸한 손놀림.

노을

하루종일 지친 몸으로만 떠돌다가
땅에 떨어져 죽지 못한
햇빛들은 줄지어 어디로 가는 걸까
웅성웅성 가장 근심스런 색깔로 서행(西行)하며
이미 어둠이 깔리는 소각장으로 몰려들어
몇 점 폐휴지로 타들어가는 오후 6시의 참혹한 형량
단 한 번 후회도 용서하지 않는 무서운 시간
바람은 긴 채찍을 휘둘러
살아서 빛나는 온갖 상징을 몰아내고 있다.
도시는 곧 활자들이 일제히 빠져 달아나
속도 없이 페이지를 펄럭이는 텅 빈 한 권 책이 되리라.
승부를 알 수 없는 하루와의 싸움에서
우리는 패배했을까. 오늘도 물어보는 사소한 물음은
그러나 우리의 일생을 텅텅 흔드는 것.
오후 6시의 소각장 위로 말없이
검은 연기가 우산처럼 펼쳐지고
이젠 우리들의 차례였다.
두렵지 않은가.
밤이면 그림자를 빼앗겨 누구나 아득한 혼자였다.
문득 거리를 빠르게 스쳐가는 일상의 공포
보여다오. 지금까지 무엇을 했는가 살아 있는 그대여
오후 6시

우리들 이마에도 아, 붉은 노을이 떴다.

그러면 우리는 어디로 가지?

아직도 펄펄 살아 있는 우리는 이제 각자 어디로 가지?

비가—좁은 문

1

열병은 봄이 되어도
오는가, 출혈하는 논둑, 미나리 멍든 허리처럼
오는가 분노가 풀리는 해빙의 세상
어쩔 것인가 겨우내 편안히 버림받던
편안히 썩어가던 이파리들은 어쩔 것인가
분노 없이 살 수 없는 이 세상에
봄은 도둑고양이처럼
산, 들, 바다. 오! 도시
그 깊은 불치의 언저리까지 유혹의 가루약을 뿌리고 있음을
겨울잠에서 빠져나오는
단 한 자루의 촛불까지도 꺼뜨리는 무서운 빛의 비명을
침침한 시력으로 떨고 있는 낡은 가로등 발목마다
화사한 성장의 여인, 눈물만큼씩의
쓸쓸한 애벌레들의 행렬을
빙판에 숨죽여 엎드린 썰매. 날카롭게 잘린
손칼만큼의 공포를
아는가 그대여. 헛됨을 이루기 위한 최초의 헛됨이
3월의 스케이트장처럼 다가오는 징조를
곧이어 비참한 기억으로서 되살아날
숨가쁜 유혹의 덫이 그리움의 가면을 쓰고 있는 것을.

우중(雨中)의 나이—모든 슬픔은 논리적으로 규명되어질 필요가 있다

1

미스 한, 여태껏 여기에 혼자 앉아 있었어? 대단한 폭우라구. 알고 있어요. 여기서도 선명한 빗소리가 들려요. 다행이군. 비 오는 밤은 눅눅해요. 늘 샤워를 하곤 하죠. 샤워. 물이 떨어져요. 우산을 접으세요. 나프탈렌처럼 조그맣게 접히는 정열? 커피 드세요. 고맙군. 그런데 지금까지 내 생을 스푼질해온 것은 무엇이었을까. 시시한 소리예요. 기형도 씨 무얼 했죠? 집을 지으려 했어. 누구의 집? 글쎄 그걸 모르겠어. 그래서 허물었어요? 아예 짓지를 않았지. 예? 아니, 뭐. 그저…… 치사한 감정이나 무상 정도로, 껌 씹을 때처럼.

2

등사 잉크 가득 찬 밤이다. 나는 근래 들어 예전에 안 꾸던 악몽에 시달리곤 한다. 시간의 간유리. 안개. 이렇게 빗소리 속에 앉아 눈을 감으면 내 흘러온 짧은 거리 여기저기서 출렁거리는 습습한 생의 경사들이 피난민들처럼 아우성치며 떠내려가는 것이 보인다. 간혹씩 모래사장 위에서 발견되기도 하는 건조한 물고기 알들.

봄이 가고 여름이 가면 그런 식으로 또 나의 일 년은 마취약처럼 은밀히 지나가리라. 술래를 피해 숨죽여 지나가듯. 보인다. 내 남은 일생 곳곳에 미리 숨어 기다리고 있을 숱한 폭우들과 나무들의 짧은 부르짖음이여.

3

고양일 한 마리 들여놨어요. 발톱이 앙증맞죠? 봐요. 이렇게
신기하게 휘어져요. 파스텔같이. 힘없이 털이 빠지는 꼴이란…… 앗,
아파요. 할퀴었어요. 조심해야지. 정지해 있는 것은 언제나 독을 품고
있는 법이야.

4

시험지가 다 젖었을 것이다. 위험 수위. 항상 준비해야 한다.
충분한 숙면. 물보다 더욱 가볍게 떠오르기. 하얗게 씻겨 더욱
찬란히 빛나는 삽날의 꿈. 당신의 꿈은?

5

지난봄엔 애인이 하나 있었지. 떠났어요? 없어졌을 뿐이야.
빛의 명멸. 멀미 일으키며 침입해오던 여름 노을의 기억뿐이야.
사랑해보라구? 사랑해봐. 비가 안 오는 여름을 상상할 수 있겠어?
비 때문은 아녜요. 그렇군. 그런데 뭐 먹을 것이 없을까?

6

그리하여 내가 이렇게 묻는다면. 미스 한. 혼자 앉아서 이젠
무엇을 할래? 집을 짓죠. 누구의 집? 그건 비밀. 그래. 우리에게 어떤
운명적인 과제가 있다면. 그것은 애초에 품었던 우리들 꿈의 방정식을
각자의 공식대로 풀어가는 것일 터이니. 빗소리. 비. 속의 빗소리. 밖은
여전히 폭우겠죠? 언제나 폭우. 아. 그러면 모든 슬픔은 논리적으로
논리적으로, 논리…… 300원의 논리. 여름엔 여름옷을 입고 겨울엔
겨울옷을 입고?

우리는 그 긴 겨울의
통로를 비집고 걸어갔다

그리하여
겨울이다. 자네가 바라던 대로
하늘에는 온통 먹물처럼 꿈꾼 흔적뿐이다.
눈[雪]의 실밥이 흩어지는 공중 한가운데서
타다 만 휴지처럼 한 무더기 죽은 새들이 떨어져 내리고
마을 한가운데에선
간혹씩 몇 발 처연한 총성이 울리었다
아무도 예언하려 하지 않는 시간은
밤새 세상의 낮은 울타리를 타넘어 추운 벌판을 홀로 뒹굴다가
몽환의 빗질로 우리의 차가운 이마를 쓰다듬고
저 혼자 우리의 기억 속에서 달아났다.
알 수 있을까, 자네
꿈꾸고 있는 것은 무엇인가
굳게 빗장을 건 얼음판 위에서 조용한 깃발이 되어
둥둥 떠올라 타오르다 사라지는 몇 장 불의 냉각을
오, 또 하나의 긴 거리, 가스등 희미한 내 기억의 미로를
날아다니는 외투 하나만큼의 허전함.
겨울 오후 3시, 그 휘청휘청한 권태의 비탈
텅 빈 서랍 속에 빛나는 압정 한 개
춥죠? 음. …… 춥군. 그런데 무엇을 보고 계십니까
그리하여 수평으로 쓰러지는 한 컵의 물. 한 컵 빛의 비명.
잠자는 물. 그 빛나는 죽음. 얼음의 꿈. 토막토막 끊어지는 초침.

우리는 세상과 타협하지 않은 최후의 무리였다.

모든 꿈이 소멸된 지상에 홀로 남아

두꺼운 외투와 커피 한 잔으로

겨울을 정복하는 꿈을 꾼다.

춥죠? 음.…… 춥군. 그런데 무엇을 보고 계십니까

거리를 한 개 끈으로 뛰어다닐 때의 해 질 무렵

건물마다 새파랗게 빛나는 면도 자국.

이것이 희망인가 절망일 건가 불빛 속에서

낮게낮게 솟아오르는 중얼거림

깨지 못하는 꿈은 꿈이 아니다. 미리 깨어 있는 꿈은 비극이다.

포도(鋪道) 위에 고딕으로 반사되는 발자국마다

살아 있다. 살아 있다. 끝없이 이어지는 희미한 음향을

듣는가 자네 아직도 꿈꾸며

우리는 그 긴 겨울의 통로를 비집고 걸어갔다.

레코오드판에서
바늘이 튀어 오르듯이

그것은 어느 늦은 겨울날 저녁
조그만 카페에서 일어난 일이었다
누구를 기다리기로 작정한 것도 아니었다
부르기 싫은 노래를 억지로 부르듯
흑인 가수의 노래가 천천히
탁자에는 시든 꽃 푸른 꽃 위에는 램프
어두웠다 벽면에 긴 팽이모자를 쓴
붉고 푸른 가면들이 춤추며
액자 때문은 아니었다
예감이라도 했던들 누군가
나를 귀찮게 했던들 그 일이 일어날 수 있었겠는가
나는 대학생이었다
뚜렷한 이유도 없이 그래서 더욱 무서웠다
가끔씩 어떤 홀연한 계기를 통하여
우리는 우리의 전 청춘이
한꺼번에 허물어져버린 것 같은
슬픔을 맛볼 때가 있듯이
레코오드판에서 바늘이 튀어 오르듯이
그것은 어느 늦은 겨울날 저녁
조그만 카페에서 일어난 일이었다

나는 마른 나뭇가지처럼 힘없이
천천히 탁자 아래로 쓰러졌다.

도로시를 위하여
―유년에게 쓴 편지 1

1

도로시. 그리운 이름. 그립기에 먼 이름. 도로시.

나는 아직도 너를 기억한다. 그 얕은 언덕과 어두운 헛간, 비가 내리던 방죽에서 우리가 함께 뛰어놀던 그리운 유년들. 네 빠른 발과 억센 손은 같은 또래의 사내아이들을 제치고 언제나 너를 골목대장으로 만들어주었지. 우리는 아무도 여자애 밑에서 졸병 노릇 하는 것을 불평하지 않았다. 언젠가 위험을 무릅쓰고 꺾어 온 산나리꽃 덕분에 네가 내게 달아준 별 두 개의 계급장도 난 잊을 수 없다. 모두가 네 명령 밑에서는 즐겁고 가벼웠다. 네가 혼혈 소녀였던 것도 아무런 문제가 되지 않았다. 어머니의 죽음 앞에서 한 방울의 눈물도 흘리지 않았던 용감한 도로시. 네가 고아원으로 떠나던 날의 그 이슬비를 아직도 나는 기억한다. 네가 떠나자 우리는 얼마나 슬펐는지 모른다. 서로 번갈아가며 대장 노릇도 해봤지만 아무런 흥미도 없었다. 도로시. 그러나 우리가 어떻게 다시 재밌는 전쟁놀이를 시작했는지 알고 있니? 우리는 마치 네가 우리와 함께 놀고 있는 것처럼 행동했다. 공터에서 술래잡기를 하고 철길 위를 뛰어다녔다. 네가 명령을 내렸다. 도로시. 우리는 서로의 눈빛만 보아도 너의 명령을 알아차렸다. 너는 어디에도 없었지만 비어 있는 대장의 자리에서 늘 웃고 있었다. 언제이던가 나는 네가 늘 앉아 있던 자리에 남몰래 찐빵을 갖다 놓은 적도 있었단다. 그렇게 우리는 네가 없어도 너와 함께 즐겁게 놀 수 있었다. 그것은 모두 너에 대한 우리의 짧은 사랑 때문이었겠지.

2

도로시. 먼 이름. 멀기에 그리운 이름. 도로시.

너는 그 머나먼 대륙으로 떠나기 전에 딱 한 번 우리 마을에 들렀었다. 가엾은 도로시. 너는 오지 말았어야 했다. 우리는 벌써 네가 필요 없었다. 너는 주근깨투성이, 붉은 머리의 말라깽이 소녀에 불과했다. 왜 그날도 이슬비가 내렸는지 모른다. 그날 마을 어귀에서 네가 보여준 그 표정, 도로시. 그것은 슬픔이었을까, 아니면 대장으로서 보여줄 수 있었던 마지막 비웃음이었을까. 그 후 우리는 재빨리 나이가 먹었고 쉽게 너를 잊었다. 도로시. 그러나 절대로 우리가 버릴 수 없는 도로시. 그리운 이름.

가을 무덤—제망매가

누이야
네 파리한 얼굴에
철철 술을 부어주랴

시리도록 허연
이 영하의 가을에
망초꽃 이불 곱게 덮고
웬 잠이 그리도 길더냐.

풀씨마저 피해 날으는
푸석이는 이 자리에
빛바랜 단발머리로 누워 있느냐.

헝클어진 가슴 몇 조각을 꺼내어
껄끄러운 네 뼈다귀와 악수를 하면
딱딱 부딪는 이빨 새로
어머님이 물려주신 푸른 피가 배어 나온다.

물구덩이 요란한 빗줄기 속
구정물 개울을 뛰어 건널 때
왜라서 그리도 숟가락 움켜쥐고
눈물보다 찝찔한 설움을 빨았더냐.

아침은 항상 우리 뒤켠에서 솟아났고
맨발로도 아프지 않던 산길에는
버려진 개암, 도토리, 반쯤 씹힌 칡.
질척이는 뜨물 속의 밥덩이처럼
부딪치며 하구로 떠내려갔음에랴.

우리는
신경을 앓는 중풍병자로 태어나
전신에 땀방울을 비늘로 달고
쉰 목소리로 어둠과 싸웠음에랴.

편안히 누운
내 누이야.
네 파리한 얼굴에 술을 부으면
눈물처럼 튀어 오르는 술방울이
이 못난 영혼을 휘감고
온몸을 뒤흔드는 것이 어인 까닭이냐.

VI

껍질

공중으로 솟구친 길은
그늘을 끼고 돌아왔고
아무것 알지 못하는 그는
한 줌 가슴을 버리고
떠났다.

차창 안쪽에 비쳐오는
낯선 거리엔
대리석보다 차가운
내 환영이 떠오른다
아무것 알려 하지 않는 그는
미련 없이 머리를 깎았다.

그는 나보다 앞선 세월을 살았고
나와 동갑이었다.

감싸 안은 두 발이
천장을 디디고 휘청거리는데
단단히 굳어버린 포도(鋪道)엔 바람이 일고
이 밤은 여느 때마냥 춥다

귀가

당신이 세수하신 물에선
항상 짠 냄새가 나요
가끔은 몇 개씩
조개껍질이 둥둥 떠 있어요
고양이 털이 가늘게 부드러워
새벽에 흘린 코피가 아직까지 젖어 있고
집은 멀기만 한데
신발 끈이 자꾸만 풀어져요.
당신을 잊고 있는 밤이면, 어머니
우주비행사가 잃어버린
장갑 한 짝이
우리 집 꽃밭에 소리 없이
별똥처럼 내려앉을 것입니다.

수채화

가느다란 새의 다리가
어항 속에 잠겨 있다.

하얀 살에서
말갛게 비치는
푸른 정맥

투명한 물 위엔
어떤 붕어가 잃고 간
아가미 한 쪽.

빨간 장미를 보여주세요
빨간 장미.

깃털처럼
흰 화폭에
파도가 잘게 배어 나온다.

팬터마임

방 안에는
새로 탄생한 아이들이
인형을 가지고 놀고 있었다.
한 아이가
손을 들었다
눈에서 물이 나왔다
그 아이는
수염이 돋아 있었고
손에 붕대를 감았는데
내가 끝없이 붕대를 풀자
놀랍게도 벌거숭이가 되었다
그 아이가 손목을 던졌고
그것은 빨간 장갑이었다
눈물이 묻은 빨간 장갑이었다.

희망

이젠 아무런 일도 일어날 수 없으리라
언제부턴가 너를 생각할 때마다 눈물이 흐른다
이젠 아무런 일도 일어날 수 없으리라

그러나
언제부턴가 아무 때나 나는 눈물 흘리지 않는다

아버지의 사진

어떤 강물도 그의 성역을 범람하진 못했으리라
한세상 뜬구름만 잡으려 길을 떠난 아버지는
뜬구름으로 돌아와 사각 빤닥종이 위에 복고풍으로 앉아
은화 같은 웃음만 철철 흘리고 계셨다
대리석으로 기둥을 댄 그의 신전 밑동에서
일찍이 사금파리 따위로 손가락을 베어내는
못생긴 재주만을 익힌 나의 남국의 방에서
나는 출발했던 것일까 아버지의 성역에선
날감자 냄새 유충의 알같이 모여 있는 햇빛의 등속
평화란 그런 것이니라. 세상의 끝 간 데는 한 가닥
바람도 일지 않았더라 밤이 들어 새앙쥐들이 물고
뜯는 더러운 달빛이나 풀벌레들의 고요한 입술을 보았느냐
어떤 강물도 나의 성역을 범람하지 못했던 까닭은
내가 때로는 혼탁한 강물로 먼저 흐르고 비가 되기 전에
먹구름 속으로 물총새처럼 파묻혔던 것을. 아들아, 세상은
살아볼 만한 것이냐 너의 파닥거리는 경험 이전에
나는 이미 너의 중심을 잡는 늑골이 되어 있느니라
해바라기 커다란 청동잎새 지는 가을날 뜨락
오랜 시간의 질곡은 언제나 습한 순풍으로 후대의
피를 덥혀주고 우리가 사랑에 힘입고 무럭무럭 자라날 때
어떠한 평야를 살찌우지 못하랴 어느 광야를 잠재우지 못하랴
사랑이란 이름으로 평화란 이름으로 되살아 흘러내릴 강물

속으로

아버지의 다리에 구겨진 칼날 같은 흔적조차 미더운 전설임에랴.

풀

나는
맹장을 달고도
초식할 줄 모르는
부끄러운 동물이다

긴 설움을
잠으로 흐르는 구름 속을 서성이며
팔뚝 위로 정맥을 드러내고
흔들리는 영혼으로 살았다.

빈 몸을 데리고 네 앞에 서면
네가 흔드는 손짓은
서러우리만치 푸른 신호
아아
밤을 지키며 토해낸 사랑이여
그것은 어둠을 떠받치고 날을 세운
네 아름다운 혼인 것이냐

이제는 뿌리를 내리리라
차라리 웃음을 울어야 하는 풀이 되어
부대끼며 살아보자
발을 얽고 흐느껴보자

맑은 날 바람이 불어
멍든 배를 쓸고 지나면
가슴을 울퀴 솟구친
네가 된 나의 노래는
떼 지어 서걱이며
이리저리 떠돌 것이다.

꽃

내
영혼이 타오르는 날이면
가슴 앓는 그대 정원에서
그대의
온밤내 뜨겁게 토해내는 피가 되어
꽃으로 설 것이다.

그대라면
내 허리를 잘리어도 좋으리.

짙은 입김으로
그대 가슴을 깁고

바람 부는 곳으로 머리를 두면
선 채로 잠이 들어도 좋을 것이다.

교환수

요일을 알 수 없는 하루
그 속을 비집고 들어가면
바람 없이 우수수 이파리를 터는
슬픈 노인의 초상이 우뚝 섰다.

우리는 눈물 한 항아리 가슴에 싣고
흔들리는 영아(嬰兒)로 달려와
방울방울 남을 주며, 버리며
남김없이 가슴을 비우고
흔들리는 고목으로 달려간다.

처음부터 우리는
손바닥에 손금을 새기듯
각기 노인의 초상 하나를 키우며
그렇게 성장하는 것이다.

그 사이에 꽃이 피고,
바람을 섬기는 아동 하나
세월을 건네주는 교환수의 헝클어진 얼굴을 하고
요일 없이 돌아가는 겨울 속에 주저앉는다.

시인 1

나의 혼은 주인 없는 바다에서 일만 갈래
물살로 흘렀다. 일천 갈래는 고기 떼로 표류
하였다. 그중 너덧 마리는 그물에 걸리었다.
한 마리는 뭍에 오르자 곧 물새가 되어 날아갔다.
부리가 흰 물새는 한 번도 울지 못하고 죽었다.
그는 하늘에 올라가 구름이 되었다. 물새의 혼은
구만리 공중을 날다가 비가 되었다. 내릴 데
없는 물 같은 비가 되었다.

아이야 어디서 너는

아이야, 어디서 너는 온몸 가득 비를 적시고
왔느냐. 네 알몸 위로 수천의 강물이 흐른다. 찬
가슴팍 위로 저 세상을 향한 강이 흐른다.

갈밭을 헤치고 왔니. 네 머리카락에 걸린 하얀 갈꽃이
누운 채로 젖어 있다. 그 갈꽃 무너지는 서산(西山)을 아비는
네 몸만큼의 짠 빗물을 뿌리며 넘어갔더란다. 아이야
아비의 그 구름을 먹고 왔느냐.

호롱을 켜려무나. 뿌옇게 몰려오는 소나기를 가득 담고
어둠 속을 흐르는, 네 눈을 켜려무나. 하늘에 실노을이
서행(西行)하고 어른거리는 불빛은 꽃을 쫓는다.

닦아도닦아도 흐르는 꽃술[花酒] 같은 네 강물.
갈꽃은 붉게붉게 익어가는데, 아이야 네 눈 가득
아비가 젖어 있구나.

고독의 깊이

한차례 장마가 지났다.

푹푹 파인 가슴을 내리쓸며 구름 자욱한 강을 건는다.

바람은 내 외로움만큼의 중량으로 폐부 깊숙한

끝을 부딪는다

　　상처가 푸르게 부었을 때 바라보는

　　강은 더욱 깊어지는 법

그 깊은 강을 따라 내 식사를 가만히 띄운다.

그 아픔은 잠길 듯 잠길 듯 한 장 파도로 흘러가고……

아아, 운무 가득한 가슴이여

내 고통의 비는 어느 날 그칠 것인가.

약속

아이는 살았을 때 한 가지 꿈이 있었다.
아무도 그 꿈을 몰랐다.

죽을 때 그는 뜬 눈이었다고 한다.
그리고 별이 졌다고……

겨울, 우리들의 도시

지난겨울은 빈털털이였다.
풀리지 않으리란 것을, 설사
풀어도 이제는 쓸모없다는 것을
무섭게 깨닫고 있었다. 나는
외투 깊숙이 의문 부호 몇 개를 구겨 넣고
바람의 철망을 찢으며 걸었다.

가진 것 하나 없는 이 세상에서 애초부터
우리가 빼앗을 것은 무형의 바람뿐이었다.
불빛 가득 찬 황량한 도시에서 우리의 삶이
한결같이 주린 얼굴로 서로 만나는 세상.
오, 서러운 모습으로 감히 누가 확연히 일어설 수 있는가.
나는 밤 깊어 얼어붙는 도시 앞에 서서
버릴 것 없어 부끄러웠다.
잠을 뿌리치며 일어선 빌딩의 환한 각에 꺾이며
몇 타래 눈발이 쏟아져 길을 막던 밤,
누구도 삶 가운데 이해(理解)의 불을 놓을 수는 없었다.

지난겨울은 빈털털이였다.
숨어 있는 것 하나 없는 어둠 발뿌리에
몸부림치며 빛을 뿌려 넣는 수천의 헤드라이트!
그 날[刃]에 찍히며 나 또한 한 점 어둠이 되어

익숙한 자세로 쓰러질 뿐이다.

그래, 그렇게 쓰러지는 법을 배우며 살아남을 수 있었다.

온몸에 시퍼런 절망의 채찍을 퍼붓던 겨울 속에서 나는!

거리에서

우리가 오늘 거둔 수확은 무엇일까 그대여 하고 물으면
갑자기 지상엔 어둠, 거리를 질주하는 바람기둥.
그대여, 우리는 지금 출구를 알 수 없는
거대한 도화지 위에 서 있다.
제각기 하루의 스위치를 내리고
웅성이며 사람들이 돌아가는 시간이면
도시의 끝에서 끝까지 아픈 다리를 데리고 걸으면서
우리는 누구도 시간을 묻지 않았다. 문득
우리의 궤적으로 그어진 꺾은선 그래프에 허리를 찔리우고
어디에도 갈 곳이 없었기에 어둠이 달려왔다.
어둠이여 그러나 숨길 그 무엇이 있어 너를 부르겠는가
빌딩 너머 몇 점 노을로도 갑자기 수척해지는 거리를 보며
우리는 말없이 서 있을 뿐이다.
전신으로 서 있을 뿐이다 어둠이여

왜 우리는 세상에 이 크나큰 빈 상자 속에 툭
툭 채집되어야 했을까
팽팽하게 얼어붙는 한 장 바람의 형상이 되어
우우 어디로 가서 기댈까
우리가 활활 소멸할 수 있는 미지의 불은 어디?
우리는 도시의 끝, 그 바람만 줄달음치는 역사(驛舍)를
배회하였다.

그러나 여객운임표로 할당되는 가난한 우리의 생.
갈 곳은 황량한 도시뿐이었다.
그래도 어딘가 낯선 도시 한켠에 주저앉아 휘파람 부는
우리 같은 사람들이 살아 있을까.
그 믿음을 무엇이라 부를까.

우리는 무엇을 두려워했던 것일까.
늘 시간이 정지해 있는 도시.
푯말 없이 오늘도 캄캄하게 버티고 선
아아, 잎 뚝뚝 떨어지는 우리들의 도시.
급류처럼 참혹하게 살고 싶었다, 우리
현재는 언제나 삶의 끝임을 잘 알고 있었다. 그리하여 절벽에서
뒤돌아보는
우리의 조용한 행적은?

어둠이 정적의 보자기를 펄럭여 세상을 덮고
온통 바람만 이삭처럼 툭툭 굴러다니는 도시에
페이지를 넘기면 막 가을이구나.
그대여, 추수하기에 너무도 우리의 생은 이르다.
그러나 우리가 적막으로 폐허가 된 뜨락에 부끄럽게 설 때
오, 그래도 당당하게 드러나는
몇 움큼 퇴비로 변한 우리들의 사랑
가자, 얼굴을 감춘 그대여
개인으로 살기에는 너무도 힘겨운 세상
함께 가자, 어디에든 노을은 피고 바람 속에서 새벽은 오는 것
이제는 일생을 걸어야 할 때, 지친 하루를 파묻고 일어서면
캄캄한 어느 골목에선가 휘파람처럼 폭풍처럼
아아, 화강암 같은 시간의 호각 소리가 우릴 부르고 있네

어느 날

그대도 알 거야
노을이나 눈[雪] 욕설
바람 부는 것
엘리어트 시집 한 권 값
예리한 나이프로 잘려 나간
몇 장 기억 같은 것
물론 그대도 알 거야
거리 곳곳에 포스터처럼 발려 있는
선명한 면도 자국 같은
알 거야
봄 여름 가을, 겨울
이 광막한 시대의
얼음의 원리. 나이테 측정법 같은
1시, 2시, 1시 30분까지도
그대 역시 알 거야
알겠지, 빠짐없어……
?
가만, ……
그런데?

이 쓸쓸함은……

누구였을까
직선의 슬픔같이
짧은 밤 간이역 호각 소리같이
한 사나이가 비밀처럼 지나갔다.
상관없는 일이다. 1981년 평범한 가을
목 쉰 불빛 몇 점
구겨진 마른 수건처럼 쓸쓸한 얼굴
내가 그를 지나쳤다
불빛 가운데 새하얀 생선 가시
몇 개로 떠 있는 나무
군복의 외로운 각짐.
상관없는 일이다. 1981년 평범한 가을
쿵, 쿵, 쿵, 쿵
그런데 누구였을까
외투도 없이 얼핏
쉼표처럼 막막한 이 쓸쓸함은……

쓸쓸하고 장엄한 노래여 2

슬프구나
벌레 먹은 햇빛은 너무도 쇠잔하여
마른 풀잎 하나 건드리지 못한다.
이제 한 도막 볏짚만큼 짧은 가을도 숨죽여 지나가고
적막한 벌판에 허수아비 하나 남아
마른 수건처럼 쓸쓸한 가을의 임종을
두 눈 부릅뜨고 지켜보고 있다
그리하여 앙상한 빈 들엔 시간이 가파르게 이동하고
이치를 아는 바람의 무리만이
생각난 듯 희뜩희뜩 떠다닐 것이다.
곧 밤이 되리니 겹쳐 꾸는 꿈속에서
암초에 걸린 맨발로
핼쑥한 하얀 달 하나 떠오르고
기진한 덩굴손 같은 달빛 몇 줄기로
단단히 동여맨 가을의 시체를 끌고 이리저리 떠돌다
새벽이면 세상 빈자리마다
얼어붙은 땀을 쏟으며 사라질 것이다.
죽음이여, 그러나 언제 우리가
너를 두려워했던 적이 있었던가
상식으로 무장한 이 세상에서
새로 태어나는 것이 어디 있으며 새롭게 소멸하는 것이
무엇이냐. 오, 지폐처럼 흩날리는 우리의 생애 속에서

얼마나 오랫동안 우리는
숱한 겨울과 싸워 이겨왔던 것이냐, 보아라
필생의 사랑을 껴안고 엉켜 쓰러지는 일년초의 아름다움이여.
불어라, 바람아 우리가 가을을 잃은 부족(部族)으로 헤매이다
바람아, 불어라 어느 시린 거리에서 풀썩이는 꽃처럼 쓰러져도
힘차게 튕겨지는 씨앗의 형상으로
우리는 견고하게 되살아나
불어라 바람아, 우리 몸이 가장 냉혹한 처형의 창고에 던져지고
바람아 불어라, 우리 목숨이 식은 노을 퍼붓는 거리에서
한 장 얼음으로 결박될지라도
아, 그러나 그 무엇이 다가와
창날같이 부릅뜬 우리의 눈빛을 거두겠는가
죽었는가, 장엄한 우리여, 누가 우리를 죽음이라 부르겠는가.

얼음의 빛 — 겨울 판화

　　겨울 풀장 밑바닥에 피난민처럼 아직도 남아 있는 것은
무엇이어요?

　　오늘도 순은(純銀)으로 잘린 햇빛의 무수한 손목들은 어디로
가요?

제대병

위병소를 내려오다가 문득 뒤돌아본 1982년
8월 27일의 부대 진입로 무엇이 따라오며
내 낡은 군복 뒤에서 소리쳐 부르고 있었을까
부르느냐 잡으면 탄피처럼 후두둑 떨어지는 사계
여름을 살면서 가을을 불시착하고 때로는
하찮은 슬픔 따위로 더러운 그리움으로
거꾸로 돌아가기도 했던 헝클어진 시침(時針)의 사열

떠나야 하리라
단호히 수입포 가득 음습한 시간의 녹 닦아내며
어차피 우리들 청춘이란 말없음표 몇 개로 묶어둔
모포처럼 개어둔 몇 장 슬픔 아니던가
많은 기다림의 직립과 살아 있지 않음들 또한 땅에 묻히리라
잊혀지리라 가끔씩 낯선 시간 속에서 뒤늦게 폭발하는
불발탄의 기억에 매운 눈물 흘리며
언젠가는 생을 낙오하는 조준선 위로 떠오르는
몇 소절 군가의 후렴에 눈살 찌푸리며 따라 일어설
추억들이란 간직할 것이 못 되었다.
물론 먼먼 훗날 계급장 떼어버린 더욱 각도 높은 경례의 날을
살아가다가 거리에서 문득 마주치는
군용 트럭 가득가득 실린 젊음의 중량 스쳐가며
마지못해 쓸쓸히 웃겠지만

그때까지 무엇이 살아 있어 내 젊은 날 눈시울 축축이 적셔주던
흙길의 군화 자국 위에서 솟구쳐 올라
굳은 땅 그득히 흘려줄 내부의 눈물 간직할 건가

잘 있거라 돌아보면 여전히 서 있는 슬픔
또한 조그맣게 잘리며 아스라히 사거리(射距離)를 벗어나는
표적지처럼 멀어지거늘
이제 나는 어두운 생의 경계에 서서
밤낮으로 시간의 능선을 넘어오는 낮은 기침 소리 하나하나
생포하며
더욱 큰 공포와 마주 서야 하는 초병(哨兵)이 되지 않으면 안
되었다.
잘 있거라 내 젊은 날 언제나 가득히
그 자리 고여 있을 여름, 그 처연한 호각 소리여
훈련이란 우리들 행군간의 뒤돌아보지 않는 연습의
투사(透寫)일진대
오, 처음으로 마지막으로 발견하는 하늘
입간판을 돌아설 때 한꺼번에 총을 겨누는 사계
뒤돌아보면 쏜다. 그리하여 두 손 들고 내려오면 위병소
그 질척한 세월의 습곡(濕谷) 아아, 사나이로 태어나서

거경ᄉ

발문

이 시집은 기형도 시인의 30주기를 맞아 시인의 모든 시를 묶어 독자들에게 전하기 위해 기획되었다. 유고 시집인 『입 속의 검은 잎』에 있는 시들과 『기형도 전집』에 실려 있는 미발표 시 원고들을 함께 모아 97편의 시들을 수록한 기형도 '시전집'이다. 시집의 수록 순서는 『기형도 전집』과는 달리 약간의 변형을 가했다. 생전의 기형도 시인이 시집 제목으로 고려했던 것은 '정거장에서의 충고'와 '길 위에서 중얼거리다'였다고 전해진다. 이 두 시들은 기형도가 시집을 묶으면서 '거리의 감수성'에 집중하고 있음을 암시한다. 이 시전집의 제목을 '길 위에서 중얼거리다'로 정한 것도 그런 이유에서이다. 시집의 순서도 '길 위의 상상력'에 가까운 작품들을 1부로 배치했다. 생전의 기형도의 의중을 반영하고 기형도 읽기의 다른 가능성을 열기 위해서이다.

30년이라는 긴 세월은 기형도라는 이름을 잊게 만들기보다는 더 풍요롭게 만들었다. 어떤 문학, 어떤 이름들은 망각을 향해 가는 시간의 힘을 거슬러 가는 기이한 힘이 있다. 그 힘을 만든 것은 기형도 시 내부의 뜨거운 생명력이며, 기형도라는 이름과 함께 30년을 보냈던 익명의 독자들이다. 저 30년 동안 새로운 독자들이 나타나 기형도 시를 새로 읽었고 다시 읽었다. 기형도의 시는 잊히기는커녕 끊임없이 다시 태어났다. "추억은 이상하게 중단된다"(「추억에 대한 경멸」)라는 그의 문장과는 달리 기형도의 추억은 중단된 적이 없다. 30년 동안 새로운 세대의 독자들이 계속 출현하고 있다는 것은 한국문학사의 예외적인 사례에 속한다.

178

우리는 다시 기형도의 거리에 서 있다. "저녁 거리마다 물끄러미 청춘을 세워두고"(「질투는 나의 힘」), "그렇다면 도대체 또 어디로 간단 말인가!"(「여행자」), "길 위에서 일생을 그르치고 있는 희망이여"(「길 위에서 중얼거리다」)라고 탄식하던 거리, 길 위에서 문득 "일생 몫의 경험을 다했다"(「진눈깨비」), "모든 길들이 흘러온다, 나는 이미 늙은 것이다"(「정거장에서의 충고」)라고 읊조리던 바로 그 거리 말이다. "너무 많은 거리가 내 마음을 운반했구나"(「가수는 입을 다무네」)라는 문장처럼 시인은 거리에서 어떤 낯섦과 경이를 마주한다. 거리에서 그는 목표도 경계도 없는 헤맴 사이로 다른 삶의 가능성을 꿈꾸었다. 거리는 가야 할 곳을 알려주지도 머물지도 못하게 하지만, 다른 시간을 도래하게 하는 유동성의 공간이다. 거리의 낯선 순간들에 대해 "그것들은 대개 어떤 흐름의 불연속선들이 접하는 지점에서 이루어진다. 어느 방향으로 튕겨 나갈지 모르는, 불안과 가능성의 세계가 그때 뛰어들어 온다. 그 '순간들'은 위험하고 동시에 위대하다. 위험하기 때문에 감각들의 심판을 받으며 위대하기 때문에 존재하지 않는다"(「어느 푸른 저녁」 시작 메모)라고 쓴다. 기형도는 거리의 혼란과 현기증을 새로운 감수성의 원천으로 만들었다. 거리는 특정한 장소에 고정될 수 없게 하고 그 장소의 정체를 알 수 없게 한다는 측면에서 '장소 없음'의 공간이지만, 장소 없음은 역설적인 희망의 사건이었다. 거리는 현대적 불안의 공간이며, 무한한 잠재성의 시간이었다.

　　기형도의 거리는 시인의 사회적 경험과 미적 감각이 동시에 관여하는 현대적인 지점이다. 거리는 동시대의 사회적 감각을 일깨웠으며, 다른 한편으로는 거리에서 쓰는 자로서의 새로운 심미적 개인의 얼굴을 탄생시켰다. "나는 한동안 무책임한 자연의 비유를 경계하느라 거리에서 시를 만들었다"(『입 속의 검은 잎』 시작 메모)는 기형도와 그 세대의 문제적인 감수성이었다. "거리의 상상력은 고통이었고 나는 그 고통을 사랑하였다"(『입 속의 검은 잎』 시작

메모)라는 고백은 그 시적 감각의 일부를 날카롭게 드러낸다. 이
문장을 변형하여 이렇게 말할 수 있을지도 모른다. '기형도의 상상력은
고통이었으나 우리는 그 고통을 사랑하였다.' 하지만 고통을 사랑하는
것은 하나의 방법만 있는 것이 아니며 권위를 필요로 하는 것도
아니다. 기형도라는 이름의 보이지 않는 이 우정의 지평에서 아무도
기형도를 독점할 수 없다. '거리'의 문맥을 지우고도 기형도를 읽는
방법은 무수히 많다. 기형도의 시 앞에서 다만 그 고통을 나누어
사랑할 뿐, 기형도 시의 비밀은 세대를 이어가며 오히려 풍부해진다.
깊은 사랑의 경험은 대상의 정체를 파악하게 하는 것이 아니라, 그
비밀을 더 두텁게 하고 그 앞에서 겸손하게 한다. 지속되는 사랑은
새로 읽기와 다시 읽기를 멈추지 못하게 한다. 그것은 차라리 은밀한
무지를 발견하는 일이다. 바라건대 이 시집을 통해 기형도 시의
비밀이 더 두터워지기를.

2019년 3월
문학평론가 이광호

기형도 30주기 기념
기형도 시전집

길 위에서 중얼거리다

초판 1쇄 발행   2019년 3월 7일
초판 10쇄 발행   2024년 3월 14일

지은이   기형도
펴낸이   이광호
주간   이근혜
편집   이근혜 이민희 조은혜 박선우 김필균
디자인   신신(신해옥 · 신동혁)
펴낸곳   ㈜문학과지성사
등록번호 제1993-000098호
주소 04034 서울 마포구 잔다리로7길 18
전화 02 338 7224
팩스 02 323 4180(편집) / 02 338 7221(영업)
전자우편 moonji@moonji.com
홈페이지 www.moonji.com

ISBN 978-89-320-3519-2 03810 / 값 13,000원

이 책은 한국문화예술위원회의
문예진흥기금으로 원고료를 지원받아
발간되었습니다.

이 도서의 국립중앙도서관 출판예정도서목록
(CIP)은 서지정보유통지원시스템
홈페이지(seoji.nl.go.kr)와
국가자료공동목록시스템(www.nl.go.kr/
kolisnet)에서 이용하실 수 있습니다.
(CIP제어번호: CIP2019004369)